KB188602

문학을 사랑하는 젊은이들에게

문학을 사랑하는
젊은이들에게

산문 박경리

다산
책방

책머리에

　지난 1992년에서 1993년에 걸쳐 연세대학교 원주캠퍼스에서 창작론 강의를 했는데 『토지』5부를 시작하면서 부득불 강의를 그만두게 되었다. 그 무렵 정현기 교수가 녹음해 둔 강의 내용을 《현대문학》에 연재를 하면 어떻겠는가 하고 제의를 해왔다. 그 일은 전적으로 그쪽 소관인 것같이 착각한 나는 무심히 그러라고 했다. 그러나 1회분의 원고를 만들어 왔을 때 나는 깜짝 놀라고 말았다. 강연은 물론 강의도 원고 없이 즉흥적으로 하는 내 버릇을 고려하지 않았던 것을 깨달은 것이다.

　내 경우 원고를 작성해서 얘기한다는 것은 거의 불가능한 일이다. 한 번 실패한 적이 있었다. 내 마음이 실리지 않는 기

계적 원고 읽기에 허둥대다가 결국 머리는 사막이 되고 나를,
의미를 잃어버렸던 기억은 지금 생각해도 끔찍하다.

　　살아 있는 말과 살아 있는 문장은 그 방법에서 별개가 아닌
가 싶다. 문장은 응축해야 하는 것이지만 말은 풀어가야 하는
것이 아닐까? 강의 내용을 활자화한다는 것은 풀어놓았던 것
을 다시 응축하는 작업이었던 것이다. 일단 내딛은 것을 그만
두자 할 용기가 내게는 없었다. 『토지』를 쓰는 그 북새통 속에
서 강의 내용을 정리하고 또는 숫제 새로 써야만 했던 일은 괴
로웠다. 장지문 밖의 철따라 달라지는 기척을 느끼면서 밤마
다 글을 써야 했고 특히 《현대문학》의 마감 날짜는 내게 지옥
문만 같았다. 그만큼 부실한 부분이 적지 않았고 개작을 다짐
하면서 일단 책으로 묶게 되었다.

　　애써주신 정현기·김명복 두 교수와 녹음하느라 수고한 학
생들에게 감사한다. 없어지고 잊혀져 버릴 것을 그나마 남아
나게 했으니. 현대문학사 여러분께도 심려를 끼쳐 죄송하다.

1995년 4월

박경리

차
례

책머리에 ○ 4

들어가며 | 문학, 그것은 무엇인가 ○ 8

제1장 문학은 생각에서 출발한다 ○ 28
―생각의 여행

제2장 문학은 상상력의 힘으로 가능하다 ○ 49
―기억의 선상

제3장 문학은 대상과의 만남이다 ○ 69
―대상에 대한 인식

제4장 문학은 삶의 총체성을 표현한다 ○ 88
―구성과 총체성

제5장 문학은 이데올로기를 초월한다   ○ 108
—세분과 통합

제6장 문학은 존재에 대한 표현이다   ○ 128
—무궁한 표현의 조화

제7장 문학은 입체적 균형잡기이다   ○ 149
—균형의 비정과 긴장

제8장 문학은 정체된 가치관을 극복한다   ○ 169
—언어의 선택과 근사치

제9장 문학은 인간이 대상이다   ○ 189
—인간 탐구

제10장 문학은 체계적인 학문이 아니다   ○ 208
—독서에 대하여

들어가며

문학, 그것은 무엇인가

문학은 삶의 진실을 추구합니다

학생 여러분 안녕하세요? 만나서 반갑습니다. 이렇게 많은 학생들과 넓은 공간에서 강의를 하리라는 생각은 미처 못했습니다. 산만한 느낌이 들어서 얘기가 잘 될는지, 첫날이고 하니 강의 방식에 관한 얘기를 하고 시간이 남으면 학생들이 바라는 강의 내용에 관해서도 얘기를 들었으면 합니다. 지금까지 나는 강연이나 강의 원고를 준비한 적이 거의 없었습니다. 원고를 준비하면 그것에 사로잡혀서 더듬거리며 말이 막히고 내 목소리가 아닌, 죽은 언어로 지껄이는 것 같았습니다. 하기는 강의 노트를 만들 시간의 여유가 없는 것도 이유 겠지만요.

나는 문학에 관하여 얘기를 할 것이고 경우에 따라 여러분 들도 문학에 관하여 제기되는 문제들을 질문하세요. 의견이 다를 수도 있겠지만 함께 문제를 풀 수도 있을 것입니다. 강 의실에서 나는 여러분에게 무엇을 가르친다는 생각은 안 합 니다. 나는 교육자가 아니며 작가이기 때문입니다. 여기 출강 하게 되면서 두 가지 생각을 했습니다. 하나는 청순한 젊은 분위기가 글쓰기에 새로운 충격이 되지 않을까 하는 이기적 인 기대였고, 또 하나는 이론 중심으로 해왔다고 생각되는 여 러분에게 한 작가가 40년 가까이 창작생활을 하면서 경험한, 때론 이단적일 수도 있고 독선적일 수도 있는 얘기가 여러분 들에게 새바람이 될지도 모른다는 생각을 해보았습니다.

내 얘기는 체계적이기보다 항상 직감적인 것이어서 두서 가 없고 산만할 것입니다. 주제에서 떠나 끝없이 가지를 쳐나 가는가 하면 상하로 오르내리다가 주제로 돌아오는데 또다 시 외출을 하고, 수학의 공식과 달라서 문학은 방황이며 추구 이며 추상적인 것이기 때문에 그런지 모르겠습니다. 아무튼 여러분은 학점에 구애되지 말고 자신이 취할 것만 취하세요. 문학은 사회문제·철학·역사·경제·정치, 모든 것을 포용합니 다. 문학이란 삶에 관한 것입니다. 그 점은 다른 학문도 같습 니다. 철학이나 경제·역사 모두는 삶을 기초로 논리를 세우고

제도를 만들며 진실을, 혹은 사실을 기록하는 거 아니겠습니까. 모든 학문은 삶이 현장이며, 삶은 모든 학문의 기초입니다. 그러나 삶의 총괄적인 것을 다루어야 하는 문학은 어떠한 부분, 어떠한 분야도 수용해야 하지만 그것은 실체가 아니며 사실도 아니라는 점, 그러면서도 진실을 추구하지 않으면 안 된다는 사실, 해서 소설을 창작이라 한다는 것을 먼저 말해두고자 합니다.

변하는 것은 본질이 아닙니다

제1차 세계대전이 일어날 즈음, 조선은 지극히 폐쇄적인 사회인 동시 잊혀진 땅이었으며 주권조차 빼앗긴 민족이었습니다. 그러나 그 전쟁과 우리 민족은 결코 무관하지 않았습니다. 지금도 우리는 남의 나라에서 일어나는 전쟁은 우리와 상관없다고 생각하기 쉽습니다. 하물며 그 당시는 오늘과 달리 교통과 통신수단이 발달되지 못한 시절이었으니 멀고도 먼 얘기로 생각할밖에요. 그러나 나는 『토지』2부에서 제1차 세계대전을 소설 속에 끌어들였습니다. 전쟁이 우리 민족에게, 개인에게 어떠한 영향을 주었는가. 우선 몇 가지 예를 들자면 윌슨의 민족자결주의에 희망을 걸고 3·1운동이 일어났으며 방방곡곡 독립만세의 함성과 함께 많은 사람들이 죽었습니다. 상해에 임시정부가 수립되기도 했습니다. 소설 속에서는 최서희가 망명한 간도 땅에서 곡물 무역을 하게 됩니다. 전쟁으로 인하여 백두(白豆)의 국제 시세가 뛰는 바람에 백두를 매점해 놨던 최서희는 엄청난 이윤을 남기는데 제1차 세계대전은 한 개인 최서희의 운명을 결정적으로 바꾸어놨습니다. 이와 같이 세계라는 거대한 테두리 속의 한낱 먼지와도 같은 한 개인의 운명이 바뀌는 것을 보게 됩니다. 제2차 세계대전은 지구를 진동시킨 변란이었습니다. 비록 전선은 아니었을지라도 전쟁의 영향이 미치지 않은 곳은 없었습니다. 우리 민족, 개개인에게도 그 수난은 가혹했으며 그 피해는 실로 자심했습니다. 징병·징용·위안부, 과중한 노동과 기아선상, 그 시절의 우리 조선 민족은 인육(人肉)의 장벽이어야 했으며 하잘것없는 소모품으로 지옥을 헤매어야 했습니다. 그리고 셀 수 없이 무수한 사람들의 운명을 바꾸어놨습니다. 우선 전쟁이라는 알기 쉬운 예를 들어보았습니다만 거시적이건 미시적이건 알게 모르게 생명은, 모든 존재하는 것으로 인하여 상황에 휘말리며 어쨌거나 끝이라고 생각하는 그곳을 향해 가고 있는 존재입니다.

오늘날 우리의 삶의 모습을 봅시다. 가령 증권이라든지 토지 투기라든지, 이런 수치 위에서 춤추는 치부(致富)에의 꿈, 하늘로 솟은 수많은 아파트의 밀림은 그런 수치에의 꿈을 확산하게 합니다. 농촌을 보십시오. 상업주의의 열풍은 농약과 화학비료를 농토에 쏟아붓게 하고, 인명 존중, 농토에 대한 애착은 사라졌습니다. 사람들의 생활방식이 변하는 것과 동시에 사고방식도 변해버린 것입니다. 자본주의 내지 유물론적 사고방식·생활방식은 마른땅에 물이 스며들듯 지금은 온 세상을 적셔버린 상태까지 왔습니다. 모든 사람은, 아니 모든 생명은 꿈틀거리며 무리 지어 어딘지 그곳이 나락인지 낙원인지 헤아릴 겨를도 없이 가고 있는 것입니다. 오늘 우리들의 행복의 개념은 무엇입니까? 예금통장입니까? 그러나 우리는 분명히 잊어서는 안 될 것이 있습니다. 그 같은 변화는 상황이며 방식이며 현상이라는 사실을 말입니다. 결코 생명의 본질은 아닙니다. 따라서 삶의 본질도 아닙니다. 본질인 것이었다면 변화하는 일은 없었을 것입니다. 본질이 아니라는 것은 진실이 아니라는 뜻도 될 것입니다.

작가는 원초적 불안에 예민한 사람입니다

지구는 우주에 떠 있는 하나의 별입니다. 옛날 사람들은 모두 각자 자신의 별을 가지고 있다고 믿었습니다. 천자의 별이 있는가 하면 미천한 별도 있다고 믿었습니다. 옛날 사람들의 그 같은 생각은 과연 황당한 것일까요? 17세기의 지동설은 황당한 것이었습니다. 그러나 오늘날 그것은 사실로 되었지요. 진리가 변했던 것이 아니라 우리들이 몰랐기 때문입니다. 우리는 항상 본질에 도달하지 못한 상태로 존재합니다. 우주 속에서 별들은 살아서 움직이며 때론 죽거나 태어나기도 한다는 것입니다. 태어나고 살며 죽는 것, 그것은 모든 생명과 궤를 같이하고 있습니다. 내 별이 있을 거라고 믿은 옛날 사람들의 심정에서 어떤 눈물겨움을 느끼지 않습니까? 멀리 가까이서 서로를 부르며 일체화하려는 소망 같은 것을 느끼지 않습니까? 매우 비약적이라 할 수도 있겠습니다만.

개체는 저마다 소우주를 가지고 있습니다. 조그마한 벌레 한 마리도 삶의 법칙에 의해 살아갑니다. 그 벌레의 삶 자체는 거대한 코끼리와 차이가 없습니다. 하늘의 별과도 차이가 없는 것인지 모릅니다. 다만 미세하다 해서, 우리의 인식 밖에 있다 해서 그 벌레가 법칙 밖의 삶을 살아가는 것은 아닙니다. 모든 생명은 총체로서의 개체이며 총체는 개체로서 이루어지고 고리사슬에 엮인 존재일 것입니다. 소설을 쓰는 작가는 고리사슬을 물어 끊으려는 모반자인지 모릅니다. 그러면서 고리사슬이 풀릴 것을 두려워하여 합일合一을 치열하게 소망하는 사람인지도 모릅니다. 그러나 보다 정확하게 말하자면 반역의 욕구와 개체에 대한 두려움에 보다 예민한 사람이라 해야 옳겠지요. 반역과 충성, 자유와 의무는 모순이며 영원한 갈등인 탄생과 죽음처럼, 빛과 어둠처럼, 원심과 구심처럼, 인간의, 생명의 원초적인 것이니까요.

문학은 공간을 창조하는 것입니다

　소설에 있어서의 공간, 포용해야 할 공간은 바로 문학의 질과 맞닿아 있는 것입니다. 이야기를 한다는 것은 공간의 확장을 뜻하기도 합니다. 아니 공간을 창조한다는 말이 적당하고, 작가는 문학적 공간을 확보하고 그곳에다 문학을 존재하게 하는 것입니다. 우주라는 공간이 없다면 존재도 없을 것이기 때문입니다.

　예를 들자면 박상륭 씨의 『남도』의 경우 화자로 할머니가 나옵니다. 할머니의 이야기 그 자체가 소설에서 공간을 창조해 내고 있습니다. 이 경우 공간은 한 사람의 시계 속에 있습니다. 그러나 『토지』의 경우는 수없이 많은 사람들 시계의 공간이 있습니다. 그러나 앞서 말했듯이 코끼리와 벌레의 삶이 다른 것이 아니듯이, 그와 마찬가지로 한 사람의 시계에 들어왔건 백 사람의 시계에 들어왔건 공간은 동일하며 확고하며 절대적인 것입니다. 다만 그 공간 속에 이룩되는 것은 상황이며 방식이며 현상적인 것입니다. 그러니까 작가는 상황과 방식과 현상을 끈질기게 추구하지만 공간이나, 생명의 본질, 삶의 본질인 시간에 대해서 질문밖에 할 수 없는 것이 아닌가 생각합니다. 공간과 시간은 확고한 것이지만, 확고하게 존재하는 것이지만 우리에게는 알 수 없는 것이기 때문입니다.

스스로의 자유로운 정신에서 작가는 태어납니다

　이야기가 너무 난삽해진 것 같아, 우리 주변의 얘기로써 한숨 돌려볼까요? 소설가 중의 어떤 이는 유명해지겠다는 허영심에서 문학의 길로 출발했다고 솔직히 말했습니다. 그리고 더러는 문학을 생활의 수단이나 부를 축적하는 방편으로 생각하는 사람도 있는 것 같았습니다. 내가 원주에 처음 내려왔을 때의 일이었습니다. 어떤 가정주부가 내게 와서 자기도 문학공부를 하고 싶다는 것이었습니다. 문학으로 명성도 얻고 돈도 벌고 괜찮은 직업 아니겠느냐, 또 다른 가정주부 한 사람은 소설가와 대학교수는 여자 직업으로 괜찮다, 가정과 직업을 양립할 수 있으니까 내 딸도 그 방면으로 보내겠노라 하고 말하는 것이었습니다. 나는 듣기만 하고 말대꾸를 하지 않았습니다. 물론 문학이 직업이 될 수도 있고 치부의 수단도 될 수 있습니다. 소설에 오락성을 띨 수도 있고 위안의 문학도 있을 수 있습니다. 그러나 문학이 총괄적인 삶에 관한 것이라면 목적이나 그 같은 동기는 문학의 본질에서 멀리 떨어져 나간 것입니다. 어떠한 삶을 소설 속에서 전개하는 인물들은 재주넘는 곰에 불과한 것 아닐까요?

　이건 좀 다른 얘긴데요, 언제였는지 텔레비전에서 매우 불우한 분들이 모여서 문학클럽을 만들어 활동하는 것을 취재하여 방영하는 것을 본 적이 있습니다. 그분들에게 용기를 북

돋워 주는 뜻에서도 좋은 기획이었지만, 나는 그 기획물을 보면서 동정적 시각이나 불우함을 유리한 고지로 삼으려는 의도는 행여 없었는지 하는 의구심이 생겼습니다. 왜냐하면 문학 그 자체는 자기 자신에 대한 존엄성 없이 투신할 수 없는 것이기 때문입니다. 자기 자신에 대한 존엄성이란 자유를 이르는 것입니다. 어떤 무엇에도 사로잡히거나 굴종해서는 안 되기 때문입니다. 정당한, 대등한 평가야말로 존중하는 일이며 존중받는 일입니다. 불우하다 해서 동정 점수를 준다거나 받는다면 엄격히 그것은 작가나 시인에 대한 모욕이 아닐까요? 신체의 어느 부위가 잘못됐다 해서 조금도 이상할 것 없어요. 생각하는 사람으로 아무런 차이가 없으니까요. 표현이 잘못된 것이겠지만 그 클럽의 한 사람이 우리 같은 처지에서는 얼마든지 시간이 있고 달리 할 일도 없다, 써놓은 작품은 얼마든지 있으나 출판이 문제다, 하고 말했습니다. 문학은 달리 할 일이 없어서 하는 걸까요? 문학은 시간이 많아서 하는 걸까요? 작품은 얼마든지 있다, 그 말에서도 창고 속에 쌓아둔 상품을 연상하게 했습니다. 불우한 것이야말로 치열한 문학 정신이 될지언정 처세가 되어서는 안 됩니다.

　하기는 요즘 취미로 문학을 한다, 여가로 문학을 한다는 사람이 상당수 있는 것 같고 교양을 쌓는다는 뜻에서 나쁠 것도 없지만 유한마담의 보석반지처럼 문학을 생각해도 안 되고 난장판에서 떨이를 외쳐대는 장사꾼 같은 문인들이 있어도 안 될 것입니다. 사람마다 각기 처지에 따라, 그 처지가 문학하는 데 동기가 될 수는 있어도 작품이란 어디까지나 독립된 것으로서 의미가 부여되는 것이며 무엇보다 중요한 것은 남에게나 자신에게 공평해야 한다는 것입니다. 객관성이라 할 수도 있지만 내 기분으로는 객관성에다 휴머니티를 가미한 것이 공평이 아닌가 생각합니다.

　나는 어느 순간에도 문학이 다른 분야보다 중요하고 훌륭한 일이이라는 비교의 개념으로 생각한 적이 없습니다. 어떠한 분야이건 진실하게 정직하게 자기 존엄을 지키며 그 업적이 빛날 때 그 분야에서의 비교는 있을 수 있지만 그것은 삶의 질, 어느 것에다 가치를 두느냐의 문제일 것입니다. 내용의 문제입니다. 자동차 차종이 차 임자의 얼굴 노릇을 한다거나 으리으리한 저택, 현란한 인상이 인격으로 간주되고 고관대작 국회의원의 명찰이 존엄성을 나타낸다는 착각, 사실 그런 것들은 모두 껍데기나 그릇에 불과한 것으로서 실체는 아닌 것입니다. 육체가 자기 자신이라는 것도 엄밀하게 따지자면 틀린 것입니다. 무엇을 생각하는가 그것이야말로 자기 자신이며 자기 실체입니다. 모든 생명은 자신이 존재할 만큼 취합니다. 다만 사람만이 생존하는 데 필요한 것 이상을 취하는데, 생각해 보면 놀라운 일은 잉여된 수백 배 수천 배의 것이 남에게 뽐내거나 호령하거나 지배하는 데 쓰여진다는 사실입니다. 어찌하여 생존보다 뽐내고 호령하고 지배하는 데 그처럼 수백, 수천 배의 재물을 낭비해야 하는지, 실체보다 어찌하여 허상에 그토록 정력적인지요. 사람은 모두 저마다 유혹에 빠지기 쉽고 무한한 욕망을 가지고 있습니다. 그것을 부인할 수는 없겠지요. 그러나 문학은 그와 같이 인간의 욕망, 인간의 나약한 모습을 헤치고 부정을 하든 긍정을 하든 들어가 보아야 할 분야입니다. 하기야 자신을 통하여 규명할 수도 있으나 그것이 허상임을 알리는 곳에 작가는 머물러야 할 것입니다. 문학도 다른 수공예품과 같이 상품이 될 수 있습니다. 수공예품에도 예술품이 있고 상품이 있듯이 문학도 마찬가집니다. 그러면, 무엇으로 우리는 그것을 구별하겠는가, 그 기준을 어떻게 세우느냐, 반문할 수도 있을 것입니다. 오늘과 같은 세태에는 어리석기 짝이 없는 일이며 애매한 일이지만, 넓게 보아 "상품은 기술이며 예술은 창작이다"라고 말해볼 수는 있습니다. 그러나 그렇게 따지게 되면 문학은 사실 어려워집니다. 저울에 달아 보일 수도 없고 명쾌하게 선을 그어 밖이냐 안이냐 할 수도 없습니다. 정신적인 것이니까요.

문학은 '왜'라는 질문에서 출발합니다

앞서도 말했지만 공간과 삶의 본질, 생명의 본질인 시간의 개념은 매우 확고한 것이지만 우리는 여전히 그것에 접근하지 못하고 있으며 그것에서 어떤 보편성을 적출한다는 것은 적당히 종결하자는 행위와도 같아서 여전히 그것은 비경으로 남게 됩니다. 다만 우리는 생명으로서 생명의 집합체이며, 우주라는 개념 속에서 나는 우주일 수 있고, 모든 생명도 나 자신이라는 다만 그런 느낌이 의식 속에 맴돌 뿐 합리적으로 해결할 방법은 없는 것입니다.

아직 우리의 생각은 사사오입일 뿐입니다. 작가는 시작이 아닙니다. 결과지요. 아니, 아닙니다. 작가에게는 결과도 없습니다. 인생 자체에 결과가 없기 때문입니다. 오로지 죽음이 있을 뿐. 이와 같이 끝없는 벌판에서 작가로 나가겠다는 사람은 도저히 알 수 없는 삶의 모순을 얘기해야 하며 안다고 이야기하는 것이 아니라 모른다고 이야기해야 합니다. 우리가 알고 있는 것은 다만 방식이며 상황이며 형상입니다. 그것은 모두 시간의 껍데기이지요.

나는 작가는 안다고 이야기하는 것이 아니라 모른다고 해야 한다고 말했습니다. 그것은 바로 물음이며 질문입니다. 그렇습니다. 작가는 칠흑과 안개를 향해 왜냐고 묻는 사람입니다. 왜라는 질문이 없으면 문제는 없거나 종결되었음을 뜻합니다. 따라서 문학도 종결되는 것입니다. 그러나 생명은 엄연하게 생과 사의 상반된 것을 포태하고 있는 이상 우리는 왜라는 질문을 멈출 수 없는 것입니다. 바로 이 점이 문학의 골자로서 어떤 작품에서든 그 갈등과 모순, 운명과의 싸움은 전개되는 것입니다. 그것은 문학만 가지는 고통과 희망은 아닙니다. 과학도 끊임없이 죽음과 생명에 대한 연구를 지속하고 있으며, 경제만 하더라도 인간 존재의 조건을 위하여 그토록 많은 문제가 제기되고 있지 않습니까.

문학은 '왜'라는 질문에서 출발하고 '왜'라는 질문 그 자체가 문학을 지속적으로 지탱하게 하는 것이기도 합니다. 탄생이 없었다면 존재의 문제가 없었을 것이며, 생명이 영원했다면 존재의 이유를 묻지도 않았을 것입니다. 그렇습니다. 존재란 무한 속의 유한을 말하는 것입니다. 바로 유한에 한(恨)이 있는 것입니다. 내가 지금 탄생과 죽음을 말하니까 학생 여러분들은 이 풍요한 세상에 어둡고 우울한 얘기만 한다고 생각하겠지요. 바로 그 도식적인 생각이야말로 우리들 육신과 영혼을 굳어버리게 하는 거고 인류가 당면하고 있는 이성 잃은 파국의 상태를 초래하게 하는 것입니다. 유한이 어디 생명에만 관한 것이겠습니까. 우리는 시시각각 유한과 부딪치며 살아가고 있는 것입니다. 그토록 아름다웠던 사랑이, 그토록 신뢰하고 서로 의지하였던 우정이 깨졌을 때 그러한 이별은 유한입니다. 해서 사랑은 우정을 맹세할 적에 영원히 변치 않는다고 했습니다. 무한했다면 그러한 맹세가 필요치 않았을 것이에요. 유한이란 이별입니다. 죽음으로도 헤어져야 하고 우리 주변에서 일고 있는 수없는 상황에 따라 수없는 이별을 하며 우리는 살아가고 있습니다. 보다 현실적인 얘기를 한다면 경제 문제입니다. 수도꼭지를 열면 수돗물이 나오듯 어디서나 목숨을 유지하는 음식을 먹을 수 있는, 그러한 무한의 조건 속에서 우리는 지금 살고 있습니까? 왜 노사분규가 일어나지요? 물질이 가지는 바로 그 유한 때문입니다. 시장이 무한하게 수용한다면 우리는 오늘날 시장개방의 압력 같은 것 받을 리가 없고 자동차 업계의 그 치열한 무역 경쟁이 있지도 않을 것입니다. 수치 선상에서 춤추듯 꿈꾸는 치부에의 그 병적 욕망도 없을 것 아니겠습니까. 왜 욕망이 있습니까? 유한하기 때문에 욕망이 있는 것입니다. 경쟁이 있는 것입니다. 상황이 있는 것입니다. 그러나 우리 인류는 무한을 믿어왔습니다. 무한과 영원은 인류의 변함없는 지표였습니다. 기독교에서는 부활을 말했고 불교에서는 윤회를 말했습니다. 부활은 다시 돌아오는 것이며 윤회는 무한하되 거듭되는 변화를 말했습니다.

작가는 진실을 꿰뚫을 수 있어야 합니다

우리가 살아가는 데는 가장 기본적인 것이 몇 가지가 있습니다. 먹을 것과 입을 것과 잠잘 곳, 그것들입니다. 전에, 언제였는지 어느 분이 노후 걱정을 했습니다. 재력이 없는 사람도 아니었고 매사 확실한 사람인데, 그때 나는 살기 나름이라 했습니다. 수백억을 두고도 불안하여 더 벌겠다는 사람이 많은 현실이고 보니, 그러나 기본적인 먹고 입고 자는 일만 해결이 된다면 노후 걱정은 안 해도 될 것 같습니다. 현실적으로 그 기본조차 안 되는 노인들이 많은 것이 사실이지만. 내가 원주에 내려와서 얼마 안 되어서의 일입니다. 그러니까 10년쯤 전이었는지, 광목 한 필에 2, 3만 원 아니었나 기억되는데 그 광목 한 필로 나는 열 벌가량의 옷을 만들었습니다. 겨울에는 광목옷을 입지 못하지만, 어디 열 벌의 옷을 1년 내에 다 입고 버리겠어요? 먹는 것만 해도 그래요. 나는 혼자 있기 때문에 쌀과 잡곡 한 줌씩이면 밥을 지어 먹을 수가 있지요. 텃밭에는 겨울을 빼고 푸성귀가 늘 있으니, 기본적인 간장·된장·고추장만 있으면 식사 걱정은 안 해도 됩니다. 문제는 기본적인 것만으로 생활을 하느냐 안 하느냐에 달려 있는 것입니다. 기본적 생활이 보장된다는 것은 내게 상당한 용기를 주었습니다. 몇 번의 전란을 겪은 세대여서 그럴 테지만 하여간 기본적인 생활의 보장에서 용기를 얻었다는 것은, 굶어 죽지 않는다는 이유 때문에 그랬던 것은 아니었습니다. 이런 말을 하니까 내가 매우 가난하다고 생각할 사람이 있을 거에요. 가난하다거나 넉넉하다거나 그런 차원이 아니며 내가 용기를 얻었다는 것은 굽히고 살지 않아도 된다, 바로 그 점 때문이었습니다. 심리적인 거지요. 또 한 가지는 어떤 저명인사가 나물 먹고 물 마시고 이만하면 대장부 살림살이, 하고 노래한 우리 조상을 몹시 비웃은 일이 있었습니다. 그러나 오늘날 어떻습니까? 청빈이 아니면 인류는 구제되지 못한다는 말이 나오기 시작했습니다. 상황이란 참으로 빠르게 변하지요? 안 그렇습니까? 영양과다에서 오는 성인병을 생각해 보십시오. 영양부족도 사람을 죽게 하지만 영양과다도 사람을 죽게 하는 오늘의 아이러니, 청빈이란 허섭스레기를 없이하고 인체도 맑게 순환하게 해준다는 사실을 사람들은 경험을 통해서 이제 깨닫기 시작한 거예요. 이치는 매우 간단명료한데 말입니다.

모자라지도 않고 넘치지도 않는 것은 비단 먹는 것뿐만 아니라 생활의 규범에도 정신적 사유에서도 예외 없이 같은 궤도를 돌고 있는 겁니다. 많으면 썩는다는 이치를 알면서, 비도 많이 오면 홍수가 나고 적게 오면 가물고, 비굴해도 인격이 파탄하지만 오만해도 인격은 무너집니다. 물체를 보십시오. 앞으로 기울어져도 넘어지기 쉽고 뒤로 기울어져도 나자빠지기 쉽습니다. 앞서 모순에 대해서 말했습니다. 상극이라 해도 좋겠지요. 죽음과 삶, 어둠과 빛, 소위 상대성원리겠는데 그 자로 재보면 그것에 속하지 않는 것이 거의 없듯이 넘쳐도 모자라도 안 된다는 자로 사물을 한번 맞혀보세요. 그것에 속하지 않는 것은 거의 없을 것입니다. 말하자면 그것은 동양인들의 사유이며 자연을 모방한 질서의 개념일 거예요. 오늘날 환경오염, 미래의 비극은 바로 넘치는 데 있지 않을까요? 모든 것이 넘치고 있습니다. 넘친다는 것은 결국 고갈의 초래일 것이며 또 우리에게 물질적 현상보다 먼저 오는 것이 정신적 현상인 것을 깨달아야 합니다. 원주에 내려와서 땅을 의지하고 살면서 내 자신 아직 많은 것을 벗지 못하고 있습니다. 문명에 적셔진 내 반쪽의 때가 여간해서 닦이지 않는군요. 늘 절 방 같은 공간을 생각하면서도 털고 일어나질 못해요. 아직 내 속에 수많은 애착이 남아 있어 정말 부끄럽습니다. 이것은 모두 여담이고 옛날에 나는 사람이 살아가는 모습을 세 가지 유형으로 나누어본 적이 있습니다.

첫째는 자기 자신의 삶을 예술로 승화한 사람들, 그러니까 인생 자체가 예술이라는 뜻입니다. 그리고 이 경우 예술이란 말 대신 아름다움이라 해도 좋습니다. 그리고 사랑으로 승화된 삶이라 해도 좋겠지요. 크나큰 사랑 말입니다. 둘째는 삶 속에서 이룩하지 못한 이상과 영원을 예술이라는 작업으로 재현하는 것, 이 경우에도 반드시 문학이나 미술이나 기타 예술 행위에 한정된 것이 아닌 일이라 해도 좋고 자신에게 주어진 과업이라 해도 좋습니다. 정직하게 열중하며 그것이 설령 비생명적인 대상일지라도 생명, 즉 자신의 혼신을 불어넣는 경우 그만큼 삶은 값진 것이 될 것입니다. 셋째는 알기 쉽게 말하면 속물의 삶이지요. 간단하게 예를 들자면 소설 속의 주인공을 모방하는 인생입니다.

이처럼 사람과 사람 사이의 먼 거리를 여러분은 어떻게 생각하십니까. 가난한 노부부가 밥상머리에서 생선 한 토막을 서로 먹지 않고 미루는 광경을 속물들은 동정하거나 우습게 보거나 경멸할 것입니다. 멋지고 취미가 좋고 교양 있고 세련되고 그것이 꾸밈이며 꾸밈에 가치를 둘 때 자신을 기만하고 남을 기만하고 인생을 껍데기로, 시간을 무가치하게 허비하는 것입니다. 가령 골프에 미쳐서 골프하는 사람은 그런대로 그는 제 시간을 살고 있는 겁니다. 그러나 남이 하니까, 좋아 보이니까 모방해 보는 그런 모습들이 도처에 있습니다. 여러분들 중에 작가를 지망하는 사람이 있다면 인생을 보는 눈이 정확해야 합니다. 그래야만 남을 모방하는 껍데기 소설을 안 쓰게 됩니다. 아까도 말했지요? 방식이나 상황은 바람 같은 것입니다. 흔히들 시대 따라 어제의 진리가 오늘은 아니다, 얼핏 그렇게 생각하기 쉽지요. 그러나 히틀러를 진리로 믿은 나치스는 그것이 무너졌을 때 어제의 진리가 오늘은 아니다 하겠지만 애당초 그것은 진리가 아니었습니다. 우리는 아직 진정 믿을 진리에 접근 못 하고 있습니다.

창조란 순수한 감성이 바탕입니다

인생을 창조적으로 산다는 것은 희귀한 일입니다. 어떤 지성이나 의지가 창조적 삶을 살게 한다 생각하면 안 됩니다. 편의주의나 보편적 규격은 있을지언정 순수한 것은 아닙니다. 창조적 삶이란 자연 그대로, 어떤 논리나 이론이 아닌 감성입니다. 창조는 순수한 감성이 그 바탕이 돼야 합니다. 부모 잃은 어린 자식들을 보고 사람들은 '눈먼 구렁이 갈밭에 든 다'라는 말로 표현했습니다. 부모 잃은 불쌍한 자식들 정경을 그 이상 더 어떻게 표현합니까. 이같이 절절하게 표현한 우리들 속담은 참 많습니다. 그러나 속담들은 그 비극을 심장으로 뜨겁게 받지 않았다면 표현될 수 없는 내용이지요. 고명한 학자, 명성 드높은 문인들이 그 같은 속담을 만들어낸 것은 아닙니다. 민초들 속에서 만들어진 것이지요. 인생의 슬픔을 전신으로 끌어안고 살아온 민초, 그것은 감성의 소산입니다.

이야기가 번번이 되돌려집니다만 생각하는 그것이야말로 내 자신이요 나의 실체라는 말을 했지요? 네, 여러분 생각하는 시간을 많이 가져야 합니다. 자기 자신과 자주 마주 앉아보세요. 모든 창작은 생각에서 탄생하는 것입니다. 여러분과 이렇게 만나는 일이 나에게는 쉽지 않았습니다. 모든 노동은 사고와 병행합니다. 때론 일 그 자체가 사고를 강요하게 하지요. 도자기를 빚는다거나 장롱을 만든다거나 그런 일들은 끊임없이 사고를 요구합니다. 창조의 활력을 사고에서 얻어내려는 것이지요. 그러나 반복되는 일은 손과 생각이 따로 놀수 있어요. 풀을 매면서 과수댁은 지난 좋은 시절을 회상하기도 하고 앞날의 슬픔을 한탄하기도 하지요. 풀을 베는 사나이는 못 입히고 못 먹여 죽인 자식 생각을 하며 저승에 가서 다시 만날 수 있겠는가, 저승은 어디메쯤인가 생각을 깊이깊이 파내려 가기도 하지요. 글을 모르는 그들은 노래하지 않는 시인들입니다. 그런데 사고思考할 수 없는 것이 바로 사람을 만나는 시간입니다. 문인인 사람이 작가를 보고 고독해서 어찌 혼자 사느냐고 묻습니다.

그럴 때 나는 대답할 바를 모릅니다. 고독하지 않고 글을 쓴다면 참 이상한 일 아닙니까? 여러분들은 좀 자주 고독해 보세요. 고독하지 않고서 사물을 정확하게 판단하기는 어려운 일입니다. 고독은 즉 사고니까요. 사고는 창조의 틀이며 본本입니다. 작가는 은둔하는 것이 아니며 작업하는 것입니다. 예술가는 도피하는 것이 아닌 작품으로 참여하는 것입니다. 여러분, 학교를 오르내리며 호수를 보시지요? 실은 나도 저 호수에 이끌리어 여기 서게 되었습니다. 자연스러움은 항상 젊음이며 자연스러움은 언제나 아름답습니다. 자연은 항상 명료하게 수식 없이 우리에게 다가오고 우리에게 진리의 실마리를 쥐어 줍니다. 여러분들이 사철을 정직하게 받아들이는 호수를 바라보며 교정을 거닌다는 것은 큰 행운입니다. 지금은 이해되지 않을지 모르지만 훗날 내 말이 기억날 거예요.

호수도 생각을 합니다. 호수 속의 수많은 생명들은 생각지 않고서 움직일까요? 생명 있는 것은 모두 영성입니다. 영성 없이 운동하겠어요? 우리 모두 생명을 존중합시다. 그것은 우리 자신을 존중하는 일입니다.

제1장

문학은 생각에서 출발한다
– 생각의 여행

언어란 실체에 닿을 수 없는 안타까운 것입니다

생각이란 과연 무엇이며 느낌, 인식과 어떻게 다른 것일까요. 설명에 들어가기 전에, 이들 용어들이 지닌 무게나 내용이 너무나 엄청난 표현을 요구하고 있어서 사실 막연합니다만 부득이 언어가 지닌 속성에 대하여 먼저 짚고 넘어가야, 그래야만 숨이 좀 트일 것 같기도 하구요. 말이 추상적이라는 것은 다 아는 일이지만 생각이라든지 느낌, 인식 혹은 감성 같은 정신 영역에 속하는 낱말들은 그 자체가 벌써 안개이며 신비의 베일을 쓰고 있어서 어느 높은 산꼭대기를 올려다보는 것만큼이나 아득하고 수만 단어를 동원한다 하더라도 실체에 닿기란 어림없는 일이겠습니다.

언어란 표현과 지칭인데 실은 애매하고 모호하여 매우 안타까운 것이기도 하지요. 적당하게 마무리하여 보편화한 것으로, 사람들에게는 합리적 수단이지만 언어는 사람들이 도달한 곳까지만 와 있다 할 수도 있겠고 더디게 올 수도 있으며 아주 저만큼 뒤떨어져서 오는 경우도 있겠지요. 설령 말이 면 미래를, 혹은 알지 못할 세계를 표현했다 하더라도 결국 그것은 사람의 상상력이나 직감을 따라왔을 뿐입니다. 한데 이 충실한 종자를 모호하고 애매하며 매우 안타깝다고 했습니다. 여러분들은 '신비하다'나 '불가사의하다'란 말을 쓴 적이 있을 것입니다. 수수께끼라는 말도 흔히 쓰지요. 신비하다는 말은 절묘하다는 뜻으로도 쓰이지만 알 수 없는 것의 종지부를 찍는 데 보다 많이 쓰여집니다. 종결도 아닌데 종지부를 찍어야 하는 애매함이야말로 언어가 지닌 한계이며 재언할 필요도 없이 그것은 우리 삶의 한계이기도 한 것입니다. 그러나 언어는 실로 많은 측면을 가지고 있습니다.

언어의 범람은 언어의 추락을 의미합니다

무한대로 확대되어 온 오늘날의 언어, 나는 가끔 문서가 하늘에서 함박눈처럼 쏟아져 내려 온통 지구를 뒤덮는 광경을 상상해 볼 때가 있는데 오늘날 언어의 홍수도 역시 인간의 의식을 극도로 미세하게 썰어서 본질이 가루가 되어 없어지지나 않을까 공포를 느낄 때가 있어요. 언어의 이 무진장한 확대는 과연 무엇을 의미하는 것일까요? 문명이 고도로 발달되고 모든 것이 복잡해졌기 때문이라는 손쉬운 해답도 있겠지만 진실에의 접근이라는 측면에서 본다면 무진장 확대되고 양산된 언어로 말미암아 우리는 얼마만큼 진실에 다가섰을까요? 사람들을 안락하게 하기 위하여 기계문명은 눈부시게 발전해 왔습니다. 그런데 이상한 것은 오늘날 사람들은 더욱 더 바빠졌고 신경은 첨예해졌으며 불신이 만연하고 부패와 범죄는 날로 가증하고 있습니다. 지구에는 더러운 공기와 썩은 물이 흐르고 핵무기는 인류 전멸을 예고하고 있으며 지상 낙원의 꿈은 멀리 사라져갔습니다. 무진장의 언어 역시 말의 공해라는 표현이 설명해 주듯 진실의 그 무엇을 건져 올리려는 고민보다 비속을 재촉하는 살벌한 칼날이 되었으며 기만의 수단으로 철저하게 활용되며 알맹이 없는 형식으로 보다 많이 행세하고 있습니다.

참 희한한 것은, 아까 언어가 지닌 한계는 우리 삶의 한계이기도 하다고 했는데, 사회의 양상과 언어는 그 궤도를 같이하고 있다는 사실이에요. 그 사실이 왜 이렇게도 나를 놀라게 하는지요. 어디로 가나 진실은 외면당하고 있습니다. 오늘날 특성은 장식입니다. 역사에서도 한 시대의 생성 과정에서 장식이 범람하는 것은 말기 현상이라 하는데, 주거에서 의복에서 심지어 음식에 이르기까지—별로인 상품을 화려하게 꾸며낸 포장지도 한몫 끼어들겠네요—이런 모든 분야에서 예술적이라는 미명하에 장식이 범람하고 있습니다. 도대체 내용은 어디에 있습니까? 바닥이 보이지 않습니다. 도처에서, 아래서 위까지 작은 것에서 큰 것까지 장식의 난장판입니다. 미적 개념에서도 장식은 포인트가 되어야지 주렁주렁 내걸리고 쌓이고 범람한다면 그것은 쓰레기가 되고 말아요. 장식과 쓰레기, 시대정신의 측면을 지닌 언어가 장식으로 쓰레기로 떨어지는 것도 바로 시대정신이기 때문에 당연한 귀추겠지요.

언어 하나하나는 생명을 가지고 있습니다

얘기가 너무 많이 옆길로 빠졌군요. 정말 아닌 게 아니라 내 얘기도 이리 뛰고 저리 뛰지만, 이 시대도 감당하기 참으로 어렵습니다. 사정은 여하튼 간에 언어도 생명과 같아서 탄생하며 살다가 죽기도 하고, 사람이 인식한 우주의 억조창생과 다단한 사물에 따라 시시각각 탄생하며 그 배열에 따라서 천태만상을 연출하는 말을 얼핏 생각하기에 창조주인 인간에 복종하며 명령에 따라서만이 변신한다고 속단하기 쉽습니다. 물론, 그와 같은 측면은 있습니다. 그런데 여러분은 언어의 오만을 생각해 본 적이 있습니까? 주인의 명령에 복종하지 않고 불러들여도 오지 않으며 찾아나서도 숨어버리는 말을 생각해 본 적이 있습니까? 예를 들어서 '그것은 옷이냐?' 혹은 '잠은 잤느냐?'라고 말하는 경우, 물음의 수단으로서 언어는 순순히 사역당하는 것입니다. 그러나 그와는 다르게 사랑이라든지 마음을 전달하려 할 때 언어는 고분고분하지가 않습니다. 가슴에 북받쳐 오르는 사랑을 고백할 때, 미묘하고 복잡한 심정을 토로하려 할 때 당혹감을 느낀 경험은 누구에게나 있을 거예요. '말을 잃었다' 혹은 '말을 잃고 서 있었다'와 같은 말들이 그때 흔히 하는 말이지요. 사람에 따라서 혹은 개성에 따라 각기 표현의 차이는 있겠지만 결국 자기 심정을 맴돌다 마는 것도 매일반일 것입니다. 당신을 사랑한다는 말 한마디 불쑥 내놓는가 하면 중언부언 핵심에 이르지 못하여 안타까워하고, 간접적 화법을 시도해 보기도 하고 비유적으로나 상징적으로 말할 수도 있겠지요. 하지만 결코 진실은 탁자 위에 놓여지는 것은 아닙니다. 그렇습니다. 그런 안타까움을 우리 부모 대의 사람들은 '버선목이라 뒤집어 보이겠는가'라고 아주 간결하게 표현했습니다. 여기서 구체적인 것과 추상적인 것, 가시적인 것과 가시 밖에 있는 것, 물질과 정신의 차이를 느끼게 되며 언어 하나하나가 자기 영역과 개성을 가졌으며 자유스러운 속성도 있다는 것을 느끼는 것입니다. 물질은 지칭할 수 있으며 현상도 눈에 보일 적에는 지칭할 수 있으나 정신은 표현 이외 달리 방법이 없습니다.

작가는 치열하게 언어를 찾는 존재입니다

표현은 진실을 찾는 과정이며 찾아 헤매는 행위입니다. 비로소 우리는 언어와 인간과의 주종관계가 뒤바뀌는 것을 깨닫게 됩니다. 언어의 방만함도 느끼게 됩니다. 때때로 말은 창공을 나는 새 같은 것이 아닐까 하고 생각해 봅니다. 밤하늘, 억겁을 가야 하는 곳에서 반짝이는 별과 같은 것인지도 모른다는 생각도 해봅니다. 말의 거리는 그 얼마나 먼 것입니까. 마음의 거리도 그 얼마나 먼 것입니까. 잡힐 듯 보일 듯 말 듯한 말을 찾아 헤매는 작가는, 새를 잡으려고 별을 따려고 언덕이며 벌판이며 허방을 달리는 어린아이 같은 존재가 아닐는지. 안타까워하고 초조해하면서, 목말라하고 절망하면서 그래도 걷지 않으면 안 되는 것이 작가이며 또 사람입니다. 말을 찾는다는 것은 진실을 찾는 행위이며, 진리와 신을 찾는 행위인 것입니다. 말은 진실의 유일한 통로입니다. 피안을 향하여 한 치도 나가지 못하는 배와도 같은 것일지라도 우리는 그 배를 타야 하는 것입니다. 포기할 수 없기 때문입니다. 우리의 삶은 중단되지 않고 지속될 것이기 때문에, 우주에 존재하는 모든 것은 운동이 중단되지 않을 것이기 때문에 그런 모든 생명들의 소망을 위하여서도 포기할 수 없는 것입니다. 보이지 않아도 생각은 있으며, 잡히지 않아도 공간과 시간은 있으며 그것은 억조창생의 본질 같은 것이기에 사람들은 방만한 언어에 매달릴 수밖에 없는 것입니다.

작가는 언어와 피 흘리는 투쟁으로 존재합니다. 살벌한 표현이지만 그만큼 치열하다는 뜻입니다. 오늘날 어떤 시대입니까. 물신이 세계를 장악하고 있는 시대입니다. 영성이 깃들지 않는 물질에는 미래가 없습니다. 써버리면 없어지니까요. 오늘날은 말을 찾는 사람이 별로 없는 것 같습니다. 일회용 컵과 같이 풍족하여 쓰고 나면 버립니다. 말 자체도 물질화된 걸까요? 우리는 악마에 의해 모두 사물로 변한 걸까요? 이 영성의 볼모 시대를 작가는 어떻게 질러나가야만 합니까. 이미 말은 기호로 나타나기 시작했습니다. 현실적으로도 우리 문화가 단절상태에 이른 것처럼 참 많은 말들을 우리는 잃었습니다.

생각의 여행이라는 주제를 내어놓고 한참 우회를 했습니다. 용어가 지닌 무게를 덜기 위해서라 했지만 언어는 생각과 앞면 뒷면의 관계입니다. 쌍생아라 할 수도 있습니다. 말을 통하지 않고 생각이 있을 수 없고 생각이 없는데 말이 있을 수 없으니까요. 그럼에도 불구하고, 또 말은 진실을 찾는 행위자라 했음에도 불구하고, 독자적인 생명, 그 생명의 집합체

문학을 사랑하는 젊은이들에게

라 했음에도 불구하고 숙명적으로 말은 가정이라는 것을 여러분은 잊지 말아야 합니다. 우리 자신도 숱한 가정 속에 살고 있다는 것도 때때로 상기하십시오.

감성은 느낌이나 인식과는 다릅니다

생각, 느낌, 인식, 감성. 이 말들은 우리가 흔히 일상에 쓰는 것입니다. 그리고 특별히 무게를 느끼면서 쓰는 말도 아닙니다. 그러나 일단 문제의 심층으로 내려가서 말로 표현이 되는 그 실체의 성질과 역할을 탐색해 볼 것 같으면 그것이 그 얼마나 어마어마한 것인가를 알게 될 것입니다. 반응하고 흡수하며 엮어내는 총체적 만상이야말로 하늘에 뿌려진 별만큼이나 많다는 것을, 그러나 우리는 대개 그것을 잊고 삽니다.

논리의 전개상 대충 해석을 해야겠군요. 느낌이란 여러분들도 잘 알다시피 희로애락을 감지하는 오감의 기능을 이르는 것으로서 사유 이전의 감각입니다. 인식이란 사물의 식별과 사물 간의 연관에 대하여 판별을 내리는 이성으로 볼 수 있는데, 이 정신적 특성을 두 개의 기둥으로 본다면 감성은 느낌과 인식의 두 기둥을 떠받치는 형상으로 볼 수도 있으며 두 기둥을 밟고 서 있다 할 수도 있을 것입니다. 느낌과 인식은 다 같이 대상에 대하여 반사작용을 나타내는 것이지만 그와는 달리 감성은 대상을 흡수하며 사물의 전반적 인상을 파악하는 것으로 볼 수 있습니다. 일종의 오성悟性이지요. 물론 이 같은 정신영역을 구분한다는 것도 일종의 가정입니다. 얘기를 하다 보니 생각이 나는데, 기독교나 불교의 우주관 말입니다. 그것이 근대과학에 의해 여지없이 깨어졌거나 맹렬하게 비판을 받았지요. 그러면 그 우주관은 신이 제시한 것입니까? 그것도 다 사람이 설정한 가정입니다. 신은 누굽니까? 신을 본 적이 있습니까? 그것도 역시 인간이 설정한 가정입니다. 그렇게 생각하면 우리는 얼마나 많은 가정 속에서 살고 있는 거지요? 그러나 나는 가정이 진실이 아니라는 얘기는 안 하겠습니다. 다만 분명한 것은 우리가 모르고 있다는 사실입니다.

감성이 없는 합리주의는 비극입니다

아까 나는 여러분들에게 우리 자신이 숱한 가정 속에 살고 있다는 것을 때때로 상기하라 했습니다. 그것은, 오늘날 모든 것은 합리주의로 짜여 있으나 그 합리주의는 기실 욕망을 추구하는 이성 잃은 사람들에 의해 운영되고 있다는 것을 지적하고 싶었기 때문입니다. 합리주의에서 출발한 과학이 만들어낸 핵무기라든가 오염된 지구가 위기를 맞고 있다는 사실을 새겨본다면 이 희비극은 이해될 수 있을 것입니다. 칼은 누가 쥐었는가, 요리사가 쥐었느냐, 이성 잃은 강도나 미치광이가 쥐었느냐, 문제는 그런 것을 냉엄하게 직시하자는 것이며 신비주의자도 신비를 캐기 위한 방법에 있어서는 냉엄하고 투철한 리얼리스트가 되어야 한다는 것을 말하고 싶었던 것입니다.

특히 문학하는 사람에게는 중요한 일입니다. 주제로 돌아갑시다. 구분된 정신의 영역에 관해 얘길 하다 말았지요? 이와 같은 정신적 영역도 물론 일률적인 것은 아니겠지요. 우리들 용모가 모두 같지 않은 만큼 개인에 따라서 다를 것이며 후천적으로는 주변 상황에 따라서 또 변하겠지요. 이들 중에서 특히 감성은 정신의 바탕으로서 심성이라고도 할 수 있는데 아마도 이 감성 부분에 가장 선천적인 것이 농후하지 않나 싶어요. 흔히들 '감성이 풍부하다' '감성이 맑다' '감성이 메말라 있다' 하며 말들 합니다. '심성이 곱다' '심성이 사악하다' 고도 하지요. 나는 성악설이나 성선설에는 흥미가 없습니다. 다만 감성은 마음의 바탕으로서 각기 모두가 특이하다고 말하고 싶을 뿐입니다. 그리고 사람들 각기의 용모가 변하듯이 감성도 변하겠지요. 아무리 좋은 감성도 거듭되는 불행 때문에 찌들어 메마를 수도 있고 정신적으로 저속한 생활에 젖게 되면 퇴화하고 때가 묻는 것도 당연한 일이겠지요. 그것은 엄연한 이치입니다.

우리는 주변에서도 감성이 변한 모습을 적잖게 보게 됩니다. 젊은 날 그렇게 발랄하고 신선하며 공평했던 사람이 자기 모순과 자기기만에서 헤어나지 못하는 것을 보면 애석합니다. 우리는 노쇠하는 육신을 슬퍼하기보다 맑은 샘 같았던 감성이 오염되어 사물의 판단을 할 수 없는 것을 슬퍼해야 합니다. 살아 있다는 것은 무엇입니까? 장승같이 코로 숨만 쉬는 육신입니까? 아닙니다. 그 육신을 움직이게 하고 통제하는 정신적 영역이야말로 우리가 살아 있다는 증거인 것입니다. 되풀이되는 얘기지만 생각이야말로 나의 실체니까요.

느낌과 인식과 감성의 관계 짓기

느낌과 인식과 감성의 관계를 삼각형으로 혹은 역삼각형으로 짜보았습니다. 삼각으로 짜본 바로 이것이 창조의 원천이며 보고입니다. 내 식대로 서툴게 짜본 짜임새지만 철학에는 문외한인 처지고 보니 다소 불안한 감이 없지도 않으나 문학이란 체계적이기보다는 상황이며 운동이기 때문에 그냥 넘어가도 될 것 같네요. 하기는 원 절대적인 것도 결론도 우리에게는 아직 숙제로 남아 있는 거니까. 남의 정의에 구애되지 않아도 좋을 듯하고, 낱말 하나 따지고 있는 것 역시 소심자의 시간 낭비인 듯싶기도 하구요. 사람과 삶의 문학, 공간과 시간 선상에 있는 그것들을 기계같이 조립할 수도 없고 치밀도를 따진다 한들 따져지는 것도 아닙니다. 여러분들도 자기 나름의 문제를 생각해 보고 자기 나름의 틀도 한번 짜보세요. 교본과 틀리다 해서, 남이 하는 말과 다르다 해서 겁먹을 필요는 없어요. 언제까지나 남이 만들어놓은 틀에 매달려 있다보면 창작의 길은 막혀버립니다. 보편성을 수립하면서도 창조는 늘 관례를 깨고 나가야만 해요.

미국의 작가 포크너가 일본에 왔을 때 어떤 독자가 헤밍웨이를 어떻게 생각하느냐고 물었더랍니다. 포크너는 "헤밍웨이는 성공한 작가이다. 그러나 나와 토머스 울프는 성공할지도 성공 안 할지도 모른다. 헤밍웨이는 사전에 없는 말을 쓸 용기가 없는 사람이다" 하고 대답했다는 것입니다. 여기 모인 학생 중에 작가 지망생이 있다면 깊이 음미해 볼 말이 아닐까요? 외국에서 무슨 이론이 들어오면 알든 모르든 간에 그것을 틀로 삼고 본으로 삼는 한국의 고질적 문학 풍토에 젖지 말고 가장 친숙하며 잘 아는 자기 땅의 것을 그리고 내 것을 만드는 데서 여러분들은 출발해야 합니다. 사람은, 삶은, 문학은 기계처럼 조립할 수 없다 했지만 선진국의 앞서간 기술이야 마땅히 도입해야겠으나 창조에는 복제품이 없습니다. 문학은, 창조는 항상 새로움이며 새로움으로 향한 모험이라야 합니다. 창조주가 억조창생 모든 것을 만들 적에 같은 것은 아니 만들었습니다.

생각은 모든 것을 포용하고 또 배제합니다

여담이 길어졌습니다. 생각 하나가 남았네요. 생각은 허공에다 집을 짓는다 해야 할까요? 어릴 적에 곧잘 들었던 얘긴데, '밤새도록 잠 안 오고 기와집을 몇 채 짓는다' 혹은 '잠은 안 오고 기와집을 지었다가는 헐곤 했다'와 같은 얘기들, 바로 이것이 사람들 생각이며 공상인 것입니다. 집을 지었다는 것이 벌써 구체적인 사고를 나타낸 거지요. 생각은 우주 만물 모든 것을 포용하면서 또 배제합니다. 있었던 일, 있을 수 있는 일, 있을 수 없는 일까지 시간과 공간은 자유자재이며 실로 생각 속에서는 전능합니다. 프랑스의 작가 모리아크는 작가를 두고 신을 닮으려는 사람이라 했습니다. 상상의 세계에서는 작가뿐만 아니라 모든 사람들은 전능합니다. 그렇듯 작가란, 사람의 운명도 지배하고 사건도 만들고 구조물도 만들며 영구불멸도 가능하며 시공을 초월하며 과거를 넘나드는가 하면 미래로 달려가고, 신을 닮으려는 사람 이상으로 신을 닮은 사람인 것입니다. 그 세계는 참으로 장려하며 불가사의란 없습니다. 그러나 생각은 그런 데 한한 것은 아닙니다. 논리적으로 생각하기도 하고 추리하기도 하며 집을 짓는 것과 같이 상황도 구성하며 조직적으로 진행하기도 하는 것입니다. 작가는 생각 속에서 범람하는 사물을 이성과 정열로써 골라내어 놓고 그러고 나서 말을 찾아 나서는 것입니다.

빙글빙글 돌고 옆에서 끼어들곤 했던 지금까지의 얘기는 이 정도로 끝내기로 하고 생각의 여행에 실제로 나서 볼까요? 내가 여러분에게 이야기를 하는 만큼 이미 말과 생각은 타협을 본 셈입니다. 여러분들도 친구끼리 이런 시도를 해보는 것이 좋습니다. 이야기보따리는 누구나가 다 가지고 있는 거 아니에요? 우리 어머니들이 우리 할머니들이 호롱불 밑에 앉아서 얘기하시던 모습이 지금도 눈앞에 선한데, 참 이상하게도 그분들은 굉장한 얘기꾼이었던 것 같아요. 그리고 우리 조상들은 수없는 말로 구성한 내용을 속담이라는 짧은 문장 몇 줄로 시원하게 명확하게 정리한 것을 생각하면 오늘날은 참으로 삭막한 의식들이 부대끼며 살아가고 있는 것 같습니다. 아마 그분들은 대지를 안고 별빛을 보며 살았기 때문에 슬픔도 조촐하고 때론 현란하며 법도도 있었던 것 같습니다. 일일이 말할 수는 없지만 그들 얘기꾼들이 남겨놓고 간 말들은 마치 소박한 와당의 파편 같기도 하고, 이러한 것이 차츰 우리 민족으로부터 사라져가고 있는 것은 너무나 애석한 일입니다.

생각의 여행은 시간의 여행입니다

생각의 여행이라 했는데 생각의 여행은 시간의 여행입니

다. 기억의 문을 열고 들어가 볼까요. 아홉 살쯤 돼 보이는 계집애가 자주색 책가방과 하얀 손수건에 싼 도시락을 들고 집에서 나와 학교로 갑니다. 학교라는 큰 공간은 늘 아이에게 위압적이며 급우들은 모두 낯선 아이들로 보입니다. 그리고 시간을 잘라서 그 속에 갇히는 것을 아이는 싫어했습니다. 종소리는 아이에게 공포감을 심어줍니다. 그는 공부에 생각이 없고 창밖을 내다보며 온종일 몽상만 합니다. 끝없이 끝없이 몽상 속에서 방황합니다. 공부를 못하는 아이는 외톨이가 되고, 외톨이이기 때문에 더욱더 몽상에 빠져듭니다. 몽상에 빠질수록 아이는 건망증 증세를 나타내게 되고, 하학길에 도시락을 잊은 채 집에 간 아이는 엄마에게 꾸중을 듣습니다. 이튿날 엄마는 다른 도시락을 싸주면서 아이에게 놔두고 온 도시락도 챙겨오라고 당부합니다. 그러나 아이는 어제와 같이 책가방만 들고 선유꽃이 넘겨다보이는 담장 밑에서 꽃을 줍기도 하고 양과자집의 투명한 유리통에 든 사탕이며 사진관의 색 바랜 사진, 그런 것에 한눈을 팔다가 집에 돌아옵니다. 화가 난 엄마는 학교 가서 도시락을 가져오라며 아이를 내쫓았습니다. 아이는 텅 비어 있는 교실이 무서워서 도시락을 가지러 가지 못하고 거리를 배회합니다. 그러다가 바닷가로 나가게 됩니다. 방죽가에 쭈그리고 앉아서 규칙적으로 밀려오는 파도를 보다가 파아란 파래를 입은 바위 틈에서 기어나오는 게를 보다가 생각합니다. 자신을 내쫓은 엄마는 계모가 아닐까 하고 상상하면서 이 세상에는 자기 혼자라는 것을 느낍니다. 하늘은 푸르고 바다도 짙푸르게 보였습니다. 아득히 먼 수평선에서 하얀 손수건 같은 것이 보였습니다. 차츰차츰 하얀 손수건은 물 위로 떠올랐습니다. 이상하게도 그것은 하얀 돛단배였습니다. 왜 배는 그냥 오지 않고 떠오르는 것일까? 아이는 깊은 의문에 빠집니다. 어느덧 해는 떨어지고 바람이 일기 시작했습니다. 하늘은 낮아지고 갈매기들이 시끄럽게 날고 있었습니다. 불안해진 아이는 사방을 둘러보는데 흰 돛단배도 없어지고 파도는 거세게 방죽을 치고 있었습니다. 바다가 날카로운 휘파람같이 울었습니다. 겁이 난 아이는 일어서서 뛰었습니다. 그런데 파도가 달려와서 목덜미를 휘감고 자신을 바닷속으로 끌어들일 것만 같았습니다. 아이는 울음을 터트리며 뛰는데 생각이 떠올랐습니다. 아무리 큰 파도가 와도 하나님은 나만은 살려주실 거다 하는 생각이었습니다. 그것은 너무나 달콤한 신뢰였습니다. 어느덧 시내로 아이는 들어왔고 불빛이 환한 거리에는 새를 파는 가게가 있었습니다. 학교 가는 길에 곧잘 멈추어 새장 속의 새를 구경하던 그 가게였습니다. 일본옷을 입은 노인과 또 한 사람 안노인이 새 모이도 주고 가게 앞에 물도 뿌리고 했는데 아이는 노오란 카나리아를 언제까지나 바라보고 서 있었습니다. 엄마도 잊고 빈 교실 책상 속에 들어 있을 도시락도 잊고 그리고 하나님도 잊고 서 있었습니다.

이러한 기억들은 내용이 조금씩 다르다 하더라도 대개는 가지고 있을 것입니다. 기억을 정리해 본 것으로 작품을 만든다는 의도는 전혀 없었습니다. 그러나 소품이 하나 마련된 것입니다. 유년 시절의 기억에는 색채와 소리가 상당히 강하게 얘기를 뒷받침해 주고 있지요? 하얀 손수건, 자주색 가방, 석류꽃, 투명한 유리통 속의 사탕, 푸른 하늘과 짙푸른 바다, 그리고 마지막의 노란 카나리아, 이 기억은 색채로서 살아난 것으로 보아야 합니다. 그리고 음향은 파도 소리, 바다 울음, 갈매기 울음, 색채가 잔잔한 아름다움으로 시작과 과정과 끝으로 진행 역할을 했다면 음향은 돌발적이며 강한 톤으로 공포 분위기를 조성해 주고 있습니다. 그리고 아이는 돛단배에서 새로움을 발견했고 엄마에 대해서는 추리를 하고 위기의식 속에서 하나님을 인식합니다. 학교라는 공간과 바닷가의 공간 그리고 마지막 새장이 갖는 공간, 공간의 크기도 다르지만 공간의 내용도 의미도 다 다릅니다.

소설에 무의미하게 등장하는 존재는 없습니다

언제였는지 『토지』가 드라마로 나갈 때 소도구를 담당하는 분이 방송국에서 발행되는 잡지에 글을 쓴 것을 본 일이 있었습니다. 인상적인 것은 화면에 나오는 조약돌 나무 한 그루까지 모두 연기자라고 했던 말이었습니다. 소도구의 중요성을 강조한 말이겠지만 작가의 경우에도 그렇습니다. 풀 한 포기, 산그림자, 새들의 울음. 그것들은 간주곡 같기도 하지만 결코 장식은 아닙니다. 그렇습니다. 카메라가 잡는 것이나 작가가 들어 올리는 것이나 그것은 모두 연기자라 할 수도 있고, 설명이나 암시 등 상당한 역할을 하는 것입니다. 방 하나만 하더라도 방 임자의 신분·성격·직업·취미·생활 전반에 대해 암시하고 설명하고 표현하는 것입니다. 황량한 풍경이라든가 양명한 일기라든가 그런 것은 소설에 있어서 결코 무의식적인 것은 아닙니다. 아까 짤막한 얘기에서도 계집아이의 용모에 대한 설명은 전혀 없었지요. 귀엽게 생겼다든지 눈이 큰 아이라든지 창백해 보인다든지 일체의 설명이 없지만 섬약한 아이라는 것은 알 수 있었을 거예요. 용모의 묘사도 일률적이어서는 안 되지요. 만일 일률적으로 코가 어떻고 눈이 어떻고, 나오는 사람마다 그 짓을 되풀이했다가는 복제품 제조밖에는 안 됩니다. 그와 반대로 전혀 얼굴 없는 인물만 등장하는 것도 우습구요. 간접·직접 묘사, 암시, 추상 그런 것으로 적응해 나가야 합니다. 소위 극도로 조직적이어야 한다는 얘깁니다.

왠지 한꺼번에 얘길 다 해버린 것 같기도 하고 엉성하게 뛰어넘은 것 같기도 하지만 앞으로도 내 이야기는 이런 식으로 되풀이되기도 할 것이며 빙글빙글 돌아가며 진행되기도 할 것입니다.

맑은 감성으로 자연을 받아들이십시오

아까 얘기를 하다가 놓친 것이 있는데 조약돌 하나 나무 한 그루도 연기자라는 말을 했습니다. 그럴 경우 카메라맨이나 작가가 의도적인 계산하에 카메라에 집어넣고 작품에다 거두어들였다 하더라도, 그러면 거두어넣는 데 의미가 있지 그 자체는 의미가 전혀 없는 것일까요? 그렇지가 않습니다. 자연 그 자체가 생명체인 이상 그들도 삶을 누리며 순환하고 변환하는 만큼 생명의 동반자로서의 의미는 충분합니다. 사실 자연만큼 예술 행위에 생기를 주고 활력을 불어넣는 것은 달리 없습니다. 그들이 연기자로서 몫을 하건 그냥 있건 간에 상쾌한(아직은 유일하게 자연이 상쾌한 생명이니까) 생명같이 아름답고 진실되고 착한 것은 없을 것입니다. 그리고 자연은 다양하며 현란하고 또한 생명의 본질을 드러내는 비극적 존재인 것을, 적어도 작가가 되겠다는 사람이면 그것을 감지해야 할 것입니다. 맑은 감성으로 말입니다.

삶의 진정한 의미를 추구하십시오

생각의 여행에서 빗나간 듯하지만 반드시 그런 것만은 아닙니다. 생각은 모든 것을 수용합니다. 상상할 수 없을 만큼

문학을 사랑하는 젊은이들에게

의 행위이지요. 생각이야말로 무한대며 전능입니다. 여러분들, 움츠리지 말고 어느 틀 속에 기어들어 가려고 애쓰지 말고 생각을 확대해 보세요. 햄릿도 돈키호테도 생각의 여행은 했을 것입니다. 사색형이건 낙천형이건 그 나름의 생각은 지속적인 것입니다. 다만 감성을 항상 깨끗하게 닦아놓고 모든 사물을 공평하게 받아들이게 되면 작가가 아니어도, 국문과를 나와 회사에 나가건 학교 교사로 있게 되건 간에 세상을 바로 볼 수 있을 것이며, 바로 보게 된다면 그것은 지혜로움이며 인생을 꽉 차게 살 수가 있는 것입니다. 생각해 보세요. 원리는 항상 확고부동하며 간단명료한 것입니다. 거울이 더러우면, 또 뒷면에 발라놓은 것 그게 뭐였든지 하여간 그것이 떨어져서 얼룩이 졌다면 내 얼굴이 똑똑하게 바로 보이겠어요? 일절 흐림이 없어야만 내 얼굴이 똑똑하게 바로 보이는 것입니다. 감성을 맑게 가지는 것은 항상 자연스러워야 합니다. 여러분들은 젊고, 그 젊음만도 축복이며 은총인데 겁날 것이 뭐 있겠어요? 그 싱그러운 생명보다 더 소중한 것은 없습니다.

우리는 오늘 이 현실에서 별이 떨어지는 것을 보았고 검은 돈을 받고 쇠고랑을 차는 그 비굴한 얼굴도 보았습니다. 여러분들은 사사오입의 사고방식을 하지 마세요. 방향을 망설이게 될지라도 넓다는 것은 해방이며 깊다는 것은 인생 진수와 가까워지는 것입니다. 사람은 밥을 먹기 위해 세상에 나온 것은 아닙니다. 삶의 의미를 찾기 위하여, 존엄하게 존재하기 위하여 세상에 나온 것입니다. 가슴의 훈장도 덧없고 명성도 물거품입니다.

영원은 아닐지라도 한 생애 있어서 변치 않는 것을 찾으세요. 글 써서 돈 벌겠다 생각한다면 진작 장사를 시작할 것이며 글 써서 명예를 얻겠다면 그런 생각 말고 돈 모아서 국회의원으로나 출마하십시오. 명예나 돈이 덧없는 것이라는 걸 깨닫지 못한다면 문학은 첫걸음에서부터 방향이 잘못된 것입니다.

학생 여러분들은 지금 부자입니다. 아직은 때묻지 않은 영혼을 가졌으리라 믿기 때문입니다. 애늙은이가 되어버린 오렌지족을 위하여 연민을 느끼세요.

제2장

문학은 상상력의 힘으로 가능하다
— 기억의 선상

기억이란 경험과 시간이 축적된 보고입니다

기억이란 무수한 시간의 파편, 그 파편이 저장된 상태라 할 수 있으며 작가에게 하나의 보고입니다. 모든 사람들 역시 기억 속에 쌓여 있는 과거의 일들 하나하나를 거쳐서 현재에 서 있는 것입니다. 즉 축적된 경험에 의해 존재한다는 그런 뜻입니다. 민족이나 인류도 마찬가집니다. 역사는 무엇입니까? 세월입니까? 시간입니까? 물론 세월이며 시간입니다. 다만 민족 혹은 인류의 경험이 축적된 시간이라야 비로소 그것을 역사라 할 수 있겠지요. 만일 경험이 없다면, 생명이 없었다면,

인간의 삶이 없었다면 시간은 없는 것입니다. 그리고 기억이란 있었다가 가버린 시간을 담아두는 인간의 능력입니다. 가버렸다는 것은 이별이라 할 수도 있고 단절이라 할 수도 있고 죽음이라 할 수도 있습니다. 그렇게 생각할 때 시간은 별안간 우리 앞에 냉엄하고 무자비한 모습을 드러내는 것을 우리는 느끼게 됩니다. 공포 없이 생각할 수가 없지요. 또한 기억이라는 것도 허상임을 새삼스레 깨닫게 되어 망연해지기도 하구요. 그 점 때문에, 바로 그 출구 없는 황망함 때문에 사람들은 합리주의를 강구하기도 하고 현실에 집착하기도 하며, 그러한 황망함은 물신주의자들 논리에 정당성을 받쳐주는 이유가 되기도 합니다.

현대의 역사적 기억은 경쟁뿐입니다

욕망에 사로잡힌 유물론자들, 나는 이 경우 반드시 마르크스주의를 지칭하여 말하는 것은 아닙니다. 근세 자체가 유물론적이라는 얘기며 그것을 근간으로 발전해 왔고 자본주의야말로 유물 지상이 아니고 뭐겠어요? 물론 자본주의 사회에서는 종교가 있고 신앙의 자유가 있습니다. 자유 경쟁, 개인의 자유도 있습니다. 그러나 자본주의의 진행이 물신으로 가고 있는 이상 종교는 형식이며 허식이며 무의미한 것이며 모

문학을 사랑하는 젊은이들에게

순이요 갈등입니다. 자유 경쟁, 개인의 자유라는 것도 약육강
식을 벗어나기 어렵지요. 지금 세계를 보십시오. 공산주의 국
가들이 거의 무너졌지만 세계는 가장 치열한 물신주의의 각
축장입니다. 시장 쟁탈의 혈투를 벌이고 있는 것이 오늘이며,
그 선두 주자가 일본입니다. 이 항목에 대해서는 길게 얘기할
시간이 없으므로 그냥 넘어가야겠는데 다만 하나, 오늘의 얘
기와 무관한 것도 아니기 때문에—세계에서 가장 유물적인
민족이며 역사의식이 없다는 그 점을 찍어놓겠습니다. 일본
의 어느 젊은 평론가도 말한 바 있지만, "일본은 역사에서 교
훈을 얻으려 하지 않는다" 하고 말했습니다.

인간의 삶은 경험이며 기억입니다

　세월과 시간을 타고 온 역사는 앞서도 말했다시피 인류와
민족이 쌓은 경험의 초략입니다. 만일 어떤 물체와 물체가 부
딪쳤을 때 불이 발생한다는 것을 경험하지 않았다면 찬란하
다고 해야 할지…… 오늘의 문명은 상상할 수 없을 것입니다.
어쨌거나 경험한다는 것은 영성의 분야로서 결코 물질, 생명
없는 것은 경험할 수가 없는 것입니다. 가령 경험한 기억을
컴퓨터에 입력한다든지 무슨 공식을 암기한다든지 재산목록
을 작성한다든지, 그런 것도 기억과 무관하지 않지만 오늘 내

가 말하고자 하는 것은 소위 문학적인 것으로서 물리적인 것은 아니며 자연스럽게 혹은 운명적으로 만나고 이별하는 인간들 삶의 편린이 남아 있는 기억을 말하는 것입니다.

　인간의 삶은 만나는 데서부터 시작합니다. 탄생했다는 자체가 이 세상과 만난 것이며, 죽음 그 자체는 이 세상과 이별한 것입니다. 『토지』에 나오는 김강쇠는 첩첩산중에서 처음 이 세상과 만납니다. 가난한 어미는 늘 일을 해야 하기 때문에 젖만 먹인 후 아이를 방에 혼자 두게 됩니다. 이때, 갓난아기는 어둠과 밝음을 만나게 됩니다. 갓난아기는 밝음을 선택하여 방문만 쳐다보았기에 사팔뜨기가 된 것입니다. 사팔뜨기의 아이 눈과 만난 어미는 그간 사정을 깨닫고 그 일을 기억하게 됩니다. 우리는 시시각각 만나고 헤어집니다. 한순간은 죽고 새로운 순간이 태어나기 때문입니다. 만남이 움직이기 때문이지요. 이 세상 어느 것 하나 조물주가 만든 것이면 같은 것이 없듯이, 똑같은 시간이란 없는 것입니다. 풍경을 보고 있으면 그것을 느낄 수 있을 것입니다. 꽃에 서리는 빛과 바람에 따라 꽃의 빛깔이 다르고, 나부끼는 모양이 다른 것을 볼 수 있고 꽃이라는 그 생명 자체가 시간을 살기 때문에 시시각각 변하여 시들어가는 것입니다. 사람도 시시각각 새롭습니다. 어제 만난 그가 오늘의 그는 아닌 것입니다. 사람들은 시간에 금을 그어서 시계를 만들었듯이 봄 가을 겨울 여름을, 밤과 낮을 갈라놨으나 그것은 일종의 보편적인 것일 뿐입니다.

작가, 불확실한 삶을 언어로 헤쳐나가는 고독한 존재

　자, 그러면 돌아가야겠네요. 기억이란 돌아가는 곳입니다. 기억을, 즉 과거를 말할 때 사람들은 '과거는 지나갔다' '과거를 돌아보지 말라' '추억한다는 것은 하릴없는 노인네나 인생에서 실패한 사람들이 자기 위안을 위하여 간직하고 뒤돌아보는 것이다' 하며 기억을 챙겨보는 것을 부정적 정서로 단정하는 경향이 있고, '역사는 곰팡내 나는 문서이며 역사적 유물은 시체이며 박물관은 시체실이다' '나폴레옹도 아이스크림의 맛은 모를 것이다' 하는 말들은 물질문명이 팽배하기 시작했던 시절 흔히들 하던 말이었습니다.

　그러나 그런 면이 있다는 것이지 전부는 아닌 것입니다. 날고 달리고 편리한 세상을 만난 사람들은 과거를 모멸하고 과거를 부정하고 정복이라는 열정에 불타며 자신에 넘쳐서 물질문명을 구가하지만 생활의 방식이 변했다고 해서 삶의 본질이 변한 것은 결코 아닙니다. 시간은 사라졌지만 공간은 돌고 있습니다. 즉 생명은, 삶은 어떤 형태로든 되풀이되고 있는 것이며 삶의 본질은 훨씬 넓고 깊고 모르는 것입니다. 가시적인 것과 확실한 것만을 믿는 과학만능의 시대, 사실 가시적인 것과 확실한 것이라면 어느 누가 장담을 못 하겠습니까? 학생들은 지금 자기 시야에 들어온 공간이 얼마나 되는지 살펴보세요. 이 강당 넓이에 불과한 것 아니겠어요? 사람이 높은 상상봉에 올라갔다 한들 과연 몇 개의 마을, 몇 개의 산과 강, 얼마만큼의 하늘이 보일까요? 천체를 관찰하는 망원경도 우주 전체를 볼 수는 없는 것입니다. 확실성도 그래요. 확실한 것보다 불확실한 것이 훨씬 많습니다. 공간과 시간을 여러분들은 손에 잡을 수 있습니까? 공간과 시간은 물질이 아니에요. 그럼에도 엄연하게 존재한다는 사실에 우리는 새삼 놀라움과 절망 같은 것을, 현기증을 느끼며 과연 목숨의 생애가 일과성에 지나지 않는 것인지 의문에 빠져들게 되는 것입니다. 그리하여 사람들은 조물주를 생각하게 되고 신을 찾게 되고 미래를, 죽은 후를 환상하게 되는 것입니다. 그러나 어느 것 하나 확실한 것은 없고 내 자신이 인식하는 영성만을 오로지 확실하게 느끼지만 그것은 세상과 나와의 단절을 의미하는 것이며 고독이라는 것을 깨닫게 할 뿐입니다.

　여기서 필사적인 노력이 바로 말(언어)인 것입니다. 현실주의자는 말의 한계를 인정합니다. 말의 한계를 인정하지 않아야 하는 사람이 작가입니다. 현실주의자는 가시 밖의 것을, 불확실성을 인정하지 않습니다. 그러나 작가는 바로 그곳을 헤매어야 할 사람입니다. 현실주의자—물신을 섬기는 사람들은 해부하고 분석하고 물로써 증명합니다. 인간의 신체라는 것도 기계론적인 견지에서 보게 되고, 신체를 해체하고 재조립하면 되는 것처럼 여겨 고장난 부분이 있으면 고치고 녹슨 부분이 있으면 녹을 닦아내고 기름을 치며 망가진 것은 제거하여 새것으로 갈아 끼웁니다. 소위 서양 의술이라는 게 그런 것 아닙니까? 해부학이 그것 아닙니까? 사람의 죽음이 완전히 쓸모없이 된 자동차를 폐차 처분하듯 그런 것입니까? 물론 그렇게 해서 근대 의술은 발달해 왔고 많은 병자들이 병에서 해방된 것도 사실입니다. 그러나 자동차나 비행기를 분해하고 점검하고 하는 것과 달리 인체란 목숨이란 해부가 안 되는 부분이 있다는 것을 잊지 말아야 할 것입니다.

생명은 경이로운 것이며 불가사의한 것입니다. 불가사의한 것이 어디 생명뿐이겠어요? 인위적인 것이 아닌 것은 모두 불가사의합니다. 우주의 수억 별들이 움직이고 있다는 것, 지구가 자전하고 있다는 것, 바다에서 파도가 넘실거리고 있다는 것, 작은 씨앗 하나가 땅에 떨어져서 움이 튼다는 것 등등 거의 모두가 불가사의합니다. 천문이나 기상학·농학이 각각 그런 현상을 규명하고는 있지만 그 변화의 과정을 발견했을 뿐 어디서 움직이게 하는 힘이 오는지, 생명의 힘은 어디서 오는 것인지 여전히 본질에는 접근하지 못하는 거 아니겠어요? 그렇습니다. 분석 안 되고 해부할 수 없으며 불확실하고 가시 밖에 존재하는 부분들이 그 얼마나 무진장으로 많은가를 여러분들은 한번 생각해 보십시오. 그러면 더 깊은 곳으로 내려앉아 삶을 생각하게 될 것이며, 겸손해질 것이며, 부당한 욕망을 저지할 수 있을 것이며, 맑고 진정한 열정으로 사물을 직시할 수 있을 것입니다. 확실하다는 좁은 울타리를 허물고 가시적인 왜소함을 극복하고 스스로 자유로워질 수도 있을 것입니다. 흔히들 상황을 판단한다 하기도 하고 상황을 분석한다 하기도 합니다. 상황은 무엇입니까? 문제나 사건이 있는 곳을─인생에는 항상 문제가 있고 사건이 있습니다─떠도는 안개 같은 것이며 시간의 흐름입니다. 추상적인 것이지요. 아무리 정보 시대라 하더라도 완벽할 수는 없습니다. 만일 상황이라는 것이 물질과 같은 질량으로서 정확하게 분석할 수 있다면 전쟁에 지는 법도 없을 것이며 사업이 망하는 일도 없을 것이며 어느 정도 운명이라는 것도 조정이 되겠지만, 그렇지 못하기 때문에 판단을 해야 하고 그 판단 여하에 따라 사정이나 결과가 달라지고 운명이 달라지기도 하는 것입니다.

작가는 시대를 치열하게 파악해야 합니다

이야기가 너무 옆길로 빠졌군요. 기억과 사건과 과거. 이것은 물론 같은 것인데요, 사라진 시간을 없는 것으로만 받아들인다든지 내가 실감하는 현실만이 모든 것이라는 생각, 물론 그것은 확실한 것입니다. 그러나 어째서 그 같은 확신은 허무주의와 무책임과 찰나주의를 연상하게 하는 것일까요? 과거가 없어진 시간이라면 미래도 없는 것입니다. 안 그렇습니까? 미래가 없다는 것은 절망입니다. 우리는 지금 미래가 없는 절망적인 시대를 살고 있다는 생각을 여러분들은 해본 적이 있습니까? 매사를 비관적으로 몰고 간다고 비난할 사람이 있을지 모르지만 기실 우리는 매우 위험한 낙관주의, 타성에 젖어 있습니다. 물신이 난무하는 현실에는 미래가 없습니다. 그 예를 들자면 한이 없겠으나 병든 지구를 생각해 보십시오. 그 병원이 어디에 있겠습니까? 그것은 여러분들도 잘 알고 있을 것입니다. 낙관주의자들은 '과학의 힘으로 지구의 병은 치유될 것이다' 하는 막연한 희망을 가지고 있는 모양이지만 조금이라도 나아지기는커녕, 파괴와 쓰레기더미와 종의 멸망, 바다와 강물의 오염은 가속화되고 있는 실정 아닙니까? 이익 추구의 생산이 멈추어지지 않기 때문입니다. 지구의 일부가 사막이 되든 지하수를 뽑아올려 땅이 함몰되든 강물이 썩어서 식수의 곤란을 겪든, 지구 위에 무슨 일이 생기든 간에 오불관언 이익 추구에만 광분하는 현실에 무슨 미래가 있다 할 수 있겠습니까? 경제 대국을 선망하며, 경제 대국이야말로 지구 파괴의 주범인 것을 개의치 않으면서도 미래가 있다고 생각하는 것입니까?

내가 몇 해 전에 중국에 갔을 때는 비닐봉지를 보지 못했고 플라스틱 그릇을 보지 못했습니다. 일류 호텔에서도 세탁물 넣는, 천으로 된 주머니를 보았을 때 희망은 이곳에 있구나 생각했습니다. 그러한 중국도 오늘날 황해가 오염될 만큼 공업국이 되었으며 생산고에 열을 올리고 있습니다. 그 큰 대륙에까지 오염은 잠식해 들어가고 있는 것입니다. 연변으로 갔을 때는 두만강에 손을 넣어볼 수 없으리만치 강이 오염된 것을 보았습니다. 도시 인간은, 생명은 어느 곳에서 살아남을 수 있을까요? 천재지변도 아니고 인간의 손에 의해 우리가 자멸한다면 너무나 어처구니없는 일이며 형벌치고도 실로 가공할 만한 일일 것입니다. 한참 한국의 경제가 잘 돌아갈 때 사람들은 걸핏하면 조상들의 가난을 경멸했고 그 아둔함을 비웃었습니다. 그러나 그들은 깨끗한 물, 때묻지 않은 강토, 헐어 쓰지 않았던 자원을 우리에게 물려주었습니다. 그것을 우리는 송두리째 찢어발기고 있는 거예요. 탕아처럼. 이런 얘기를 하면 곧잘 복고주의자라는 오해를 받습니다. 나는 복고주의자도 아니지만 시간은 돌이켜지는 것도 아닙니다. 오직 생각하는 것은, 지극히 합리적인 물질을 어찌하여 사람들은 합리적으로 다스리지 못하였나 하는 점입니다. 합리적인 물질을 이성 잃은 사람들이 무시무시한 괴물로 만들어왔다는 그 점이 안타깝고 가슴 아픕니다.

저는 진심으로, 오늘을 기억하는 우리들 후대가 절망적 현실에서 탈출하여 물신을 극복할 수 있기를, 기억이 구원의 실마리가 되고 역사의식이 새로운 인류의 장을 여는 데 이바지할 수 있기를, 그리하여 보다 나은 진정한 의미에서의 삶을 모색할 수 있기를 바랍니다.

　지금까지 한 얘기가 문학과 무슨 상관이 있는가, 혹 그렇게 생각할 학생도 있을 것입니다. 기억에 대한 얘기가 왜 엉뚱한 곳으로 빠졌는가 생각할 수도 있겠지요. 그러나 나는 지금까지 결코 문학과 무관한 얘기를 한 것은 아닙니다. 시대를 파악하는 것은 작가의 필수적인 요구입니다. 시대는 생명이 생존하는 시간이며, 시대의 자리는 모든 생명의, 삶의 터전이기 때문입니다. 오늘과 같이 미래가 위태로운 시대, 오늘과 같이 물신이 횡행하는 기괴한 사회, 창조는 드물고 복제품만 판을 치는 정신적 불모, 이런 현실에 대한 위기의식 없이 글을 쓴다는 것은 한낱 풍월을 읊는 짓이며 이윤 추구가 빚어놓은 황폐화의 주범과 동조하는 일입니다. 사명감 같은 것을 강조할 생각은 전혀 없습니다. 우리 스스로, 모두가 피해자 아닙니까? 삶 자체가 치열한 것이기에 삶을 다루는 작가정신이 치열해야만 하는 것은 너무나 당연하며, 결코 문제를 회피해서도 안 될 것입니다. 그것은 자신을 위해서도 삶의 낭비가 아닐까요?

경험은 문학적 상상력의 원천입니다

　이야기의 범위를 좁혀볼까요? 창작과 기억과의 관계를 말하겠어요. 기억에 남아 있는 경험, 혹은 만남, 사실 그것을 하릴없는 노인처럼 꼼꼼히 되새겨 보는 사람이 뭐 그리 흔하겠어요? 일상은 바쁘고 정신없이 돌아가고 있는데, 서울 하늘 밑에 사는 친척들도 1년에 한두 번 만나기가 어렵고 영세한 상인이 주판을 튕기듯 휴가 여행의 날짜를 짜내느라 골몰하는 도시인들, 농사는 1년에 두 번 짓는 것이 아니며 한겨울에도 비닐하우스 속에서 일을 해야 하는 농촌, 노동형刑을 사는 수인처럼 입시 준비에 시든 아이들, 더 이상 예거할 것도 없이 기계가 돌아가듯 바쁘게 살고 있는 현대인들이 뭐가 한가하고 꿈꾸고 추억에 젖고 그러겠어요? 어쩌다가 문득 정물화같이 지난날의 한 폭이 떠올랐다가는 사라지는 정도겠지요. 추억하는 것을 부정적 혹은 퇴영적 정서로 보아서가 아니라 그럴 시간의 여유도 사실은 없지요. 그러다가는 영락없이 경쟁에 뒤지고…… 그러나 기억 그 자체는 단순하지 않습니다. 수많은 드라마가 담겨져 있으니까요. 그러나 그것들은 완벽하게 재생할 수도 없거니와 완벽하게 입력되어 있는 것도 아닙니다. 문학의 보고라 했지만 문학을 위하여 그것들이 완벽할 필요도 없는 거예요. 물론 문학에는 전기문학도 있고 고백 자서전 같은 것도 있긴 있습니다만 정확하고 정직했다면 그것은 기록으로 보아야 하지 않을까요? 그런 경우 정확하고 완벽하게 기억한다는 것은 상당히 중요하겠지요. 하나 기억이란 착각일 때도 있고 오해일 때도 있고 환상적일 수도 있습니다. 색이 바래기도 하고 경우에 따라서 어떤 부분만 부상이

문학을 사랑하는 젊은이들에게

되어 실제보다 훨씬 선명할 수도 있습니다.

　기억에는 직접적인 경험과 간접적인 경험이 있습니다. 사람과 사물을 만나고 어떤 사건이 진행되는 과정을 자신이 직접 체험한 경우가 있겠고, 남을 통하여 혹은 책을 통하여 남이 만난 사람과 사물과 사건 진행의 경험을 듣고 혹은 보고 기억 속에 담아두는 경우—가령 루소의 『참회록』을 읽었다면 그 책에 나오는 사건이나 인물들은 루소를 통하여 간접적으로 만나는 것이며 반대로 루소는 작품을 통하여 간접적으로 만나는 것이 됩니다—도 있는 것입니다.

　우리가 역사와 만나게 되는 것도 역사책을 통하여 간접적으로 만나는 것입니다. 어머니가 집안 내역에 관한 것을 들려주었다면 역시 어머니를 통하여 사라진 조상의 여러 인물들과 그 당시의 사물이며 사건들과 간접적으로 만나게 되는 것입니다. 이웃집 아주머니가 놀러와서 누구는 어떻고 누구네는 이러저러하다 한다면 알지도 못하는 남의 인생의 일단을 알게 되며 그때 대화가 기억 속에 남아 있을 수도 있습니다. 생각해 보면 참으로 방대한 일입니다. 우리의 생애 동안 얼마나 많은 사람을 만나는지 여러분들은 도대체 상상이 됩니까? 그 수없는 대화, 그 수없이 많은 대화에서 남의 인생을 알게 되는 것은 또 얼마이며 순간순간 보아 넘기는 셀 수 없이 많은 사물, 일각일각 새로움에 부딪치며 전개되는 사건들, 그 모두가 참 놀라운 일 아닙니까? 도대체 인간의 두뇌의 공간과 시간은 얼마만큼이나 되는지요? 여하튼 그런 간접·직접의 만남 또는 경험은 작품의 많은 부분을 지배하고 작품에 투영됩니다.

내 경험을 몇 가지 들어서 얘기하지요. 『토지』에 관한 것입니다. 그게 언제 일인지, 어릴 적의 일이었고 어디서 뉘에게 들었는지 기억에 없지만 아마도 외할머니한테 들은 얘기가 아닌가 싶어요. 외할머니의 친정은 거제였습니다. 그러니까 외할머니의 친정 집안의 일인가봐요. 그 집은 전답이 많아서 전답을 돌아보려면 말을 타고 다녀야 했다는 것입니다. 과연 거제에 그런 넓은 땅이 있는지 의문이지만 하기는 여기저기 땅이 널려 있다면 그럴 수도 있었겠지요. 한데 그해, 말하는 사람은 그해라 했습니다. 아마 1902년 호열자가 창궐했던 그때 일인 모양이에요. 호열자가 들이닥쳐 마을의 많은 사람들이 죽었는데 말을 타고 전답을 둘러보러 다녔다는 그 집안은 여식 아이 하나를 남겨놓고 가족이 모두 몰살을 했다는 것입니다. 논에는 벼가 누렇게 익었는데 벼를 베고 추수할 사람이 없었다, 대강 그런 내용이었습니다.

그런데 그 얘기가 작가수업 시절 난데없이 어느 날 내 머리에 떠올랐습니다. 번개같이 지나간 그 얘기는 참 강렬했습니다. 호열자와 누런 벼, 그것은 죽음과 삶의 선명한 빛깔이었습니다. 그 맞물린 극과 극의 상황, 나는 흥분했고 떨쳐버릴 수 없는 의욕을 느꼈습니다. 그러나 바위에 주먹질하듯 무겁고 큰, 그것을 어찌지 못하고 20년 가까이 마음속으로 삭였습니다. 호열자와 황금빛 벼, 죽음과 삶, 『토지』를 쓰게 된 동기는 바로 그것이었습니다. 그리고 20년 넘게 『토지』에 매달렸으며 아직 끝을 맺지 못하고 있습니다. 내가 생각해 보아도 좀 징그러워요.

『김약국의 딸들』도 역시 간접 체험에 의해 씌어진 것입니다. 대개 어느 지방이든 회자되는 집안 내력이나 사건은 있게 마련이지요. 소위 소문 같은 것인데, 물론 소문을 그냥 담은 것은 아니며 다만 동기가 되었다 하는 것이 옳습니다. 어떤 경우에도 그것이 르포르타주가 아닌 이상 작가는 사실에 매달리면 안 됩니다. 근원적으로 창작이란 작가의 주관적 산물이니까요. 사실에서 자유로워지지 않는다면 작품도 어느 틀 속에 갇혀버리고 결국 진부한 얘깃거리가 되고 마는 거지요. 『시장과 전장』은 직접 체험이 많이 도입된 작품입니다. 내 자신이 6·25를 겪으면서 극한상황에 처해진 생명과 생명의 터전을 그린 것입니다.

객관성이 담긴 작품이 감동을 줍니다

아까 문학을 위하여 기억이 완벽할 필요는 없다 하고 말했지요? 네, 그렇습니다. 작품을 쓰는 사람의 기억은 오히려 좀 희미해진 편이 좋아요(내 경우에는 그랬습니다). 왜냐하면 나는 자유로워지지 않으면 안 되니까요. 집착해서는 안 되기 때문에 그렇습니다. 격동기나 변혁기에는 좋은 작품이 안 나온다는 말이 있지요. 그것은 사실에 사로잡히고 사실에 집착하니까 그래요. 프랑스혁명 직후 그 어마어마하고 극적인 사건을 치르고도 볼 만한 작품이 없었다는 것은 걸러내고 가라앉히고 잘 혼합하는 데 시간이 필요했던 거지요. 미국의 남북전쟁도 상당한 기간이 지난 후 비로소 작품다운 작품이 나왔다 합니다. 가령 포크너의 『음향과 분노』 같은 것인데 그것은 간접 체험에 의한 것이었겠지요.

여러분들 중에서도 간접 체험에 의한 6·25에 관한 작품이 나올지 그것은 모를 일이에요. 밥도 뜸이 들어야 하고 술도 어느 기간이 지나야 익는 법입니다. 시간을 기다려야 하고 시간을 기다린다는 것은 거리를 둔다는 것이기도 합니다. 가까이서 보면 한 부분밖에 보이지 않지만 어느 정도 거리를 두면 전모를 볼 수 있고 전모가 파악되면 판단이 서는 것은 뻔한 이치 아니겠어요? 소위 객관성이지요. 그런 다음 파고들어 가는 겁니다. 거리가 가까우면 부분밖에 보이지 않는다고 했는데, 또 어떤 사건의 직후에는 사람들은 누구나 혼란에 빠지는 것이며 그 사건의 전후가 혼돈되기도 합니다. 흥분도 하구요. 흥분은 어떤 열정이라 할 수도 있고 그것이 강한 추진력이 되기도 하지만 생소리는 안 됩니다. 열정으로 외쳐보아도 그것이 전달이 안 되면 무슨 소용입니까? 남을 흥분시키려면 자신이 냉정해야 합니다. 그것은 의도니까요. 작품도 의도가 아닙니까? 의도는 감정하고 다릅니다. 목적이 있지요. 희극배우가 남을 웃기는 것이 목적이라면 자신은 울어야 합니다. 사감이 개입되어서는 안 됩니다. 언젠가 공평성이란 말했지요? 작가는 작품에 임할 때 기를 모으듯 공평성에 집중해야 하고 자신도 그 공평성에서 벗어나면 안 되는 거예요. 남에게 공평하지 못하고 자신에게 공평하지 못하다면 작품은 찌그러지지요.

되풀이하거니와 내 자신이 의미를 부여한 것이지만 애정 깃들인 공평성으로서의 휴머니티가 결여된 객관은 생명의 결여를 가져오기 쉽습니다. 어떤 뜻에서든 만든다는 것에는 생명이 있는 것이 최상이니까요.

이건 얘기가 좀 달라집니다만, 아까 작가는 사실에 사로잡혀서는 안 되고 자유로워져야 한다고 했는데 사실에서 자유로워질 뿐만 아니라 작가는 자기 자신에게서도 자유로워져야 하는 것입니다. 문학은 일종의 의도라 했습니다. 하니까 자신으로부터도 자유로워져야 한다는 것은 공평한 것과 일치가 되는 것입니다. 내 경우를 들어서 말한다면 나는 작가이며 여자입니다. 여류작가, 남이 그렇게 생각한다는 것도 그렇고 자신이 그렇게 의식한다는 것도 옳지 않습니다. 작가란 사람으로서 임하는 것입니다. 왜냐하면 사람의 삶이 문학의 터전이니 말입니다. 여성적 특성이 없다 할 수는 없지만 사람은 저마다 다 특성이 있는 것입니다. 설령 여자를 작중인물로 설정했다 하더라도 그것은 사람의 이야기인 것입니다. 그리고 작가 자신의 경우에도 그렇습니다. 여성이기 때문에 표현하기 어려운 경우가 분명 있습니다. 그러나 그것은 작가로서 극복해야 할 문제이며 회피해서도 안 되고 금기로 삼아서도 안 되는 것입니다.

언젠가 나는 어느 좌담에서 내 언사가 과격한 것을 보고 어떤 선배님이 "요즘 고운말 쓰기 운동 기간이다" 하며 못마땅해한 일이 있었습니다. 나는 문학 좌담을 문학인의 행위로 본 것입니다. 그 일과 깊이 관련된 것은 아니었지만 나는 다른 자리에서 작가는 가장 밑바닥의 상말로부터 가장 상층의 고상한 말까지 다 구사해야 한다고 주장했습니다. 물론 작품에서 그렇다는 얘기지요. 작가가 작품 속에서 자신이 여성이라는 의식 때문에 도사리거나 주변을 밝히거나 또 나르시시스트가 되어서는 안 된다는 뜻입니다. 작가는 여성이라거나 남성이라는 것에 구애되어서도 안 되고 어떤 사정에 의해 저해되어서도 안 되고 신분이나 처지의 장애를 받아서도 안 되는 것입니다. 정 장애가 될 것 같으면 어중간하게 쓰느니 차라리 포기해야겠지요. 내가 작가정신의 치열함을 느낀 것은 숄로호프의 『고요한 돈강』의 어느 구절이었습니다. 주인공 그레고리의 부친 판테레이가 피난 간 곳에서 티푸스에 걸려 사망했을 때의 그 시신의 묘사였습니다. 그레고리가 죽은 아버지를 보았을 때 얼굴을 하얗게 뒤덮은 것은 이였다는 그 구절……. 시신이 식어가니까 이들이 기어나왔겠지만 읽을 때도 그랬고 그 구절이 생각날 때도 나는 구역질을 느끼곤 합니다.

자유로운 상상력을 발휘하십시오

여담은 이 정도로 하고 얘기의 마무리를 지어야겠습니다. 기억은 희미한 편이 오히려 작가에게는 좋다고 했는데 첨가해야 할 것은 자료에 관한 것입니다. 나는 현장답사라는 것을, 『시장과 전장』을 쓸 때 해본 적이 있습니다. 빨치산들의 생활을 전혀 몰랐기 때문에 합천 해인사에 갔습니다. 그러나 그게 그리 큰 도움이 되지 못했고 자꾸만 걸리적거려서 애를 먹었습니다. 물론 작가가 다 그런 것은 아니며 내 경우에는 그렇다는 것이지요. 나는 거의 여행을 안 하고 살아왔습니다. 연변과 간도에 가본 것도 『토지』 속에 '간도'에 관한 내용이 끝난 뒤였습니다. 오히려 내가 해란강을 보았더라면 작품 속에서 해란강을 그리기가 매우 어려웠으리라 생각합니다. 상상이 저해되기 때문이지요. 자료의 경우도 그렇습니다. 자료가 너무 많으면 상상력이 위축되고 말아요. 해서 나는 실존했던 인물들은 내 작품 속에서 정면으로 취급하지 않습니다,

하나의 예를 들자면 『토지』 속에 나오는 김개주는 분명 동학의 접주 김개남을 모델로 한 것입니다. 그러나 그에 관한 자료는 거의 없어요. 내가 본 것은 과격분자로서 전봉준과 함께 서울로 압송되지 않고 전주 감영에서 효수당했다는 그것뿐이었습니다. 과격분자라는 것, 감영에서 효수당했다는 것 그 두 가지가 강렬하게 작용해 오더군요. 도대체 그는 어떻게 살았는가? 당연히 상상은 제 마음대로 날개를 펴게 되는 거지요. 자유로워졌던 것입니다. 내가 만들어보겠다는 생각이 들었고, 결국 아무런 구애됨이 없이 김개남은 내 『토지』 속에서 김개주로 탄생한 것입니다.

여러분들 중에 작가를 지망하는 사람이 있다면 이론에 연연하면 안됩니다. 사로잡히면 작품 못 써요. 사는 것을 생각하세요. 끊임없이 사는 모습을, 그리고 자연과 모든 생명의 신비를 감지해야 합니다. 넓고 깊게 세상을 바라보고 자신이 그 속에서 이론이든 이치든 발견하십시오. 남이 간 길은 뒤쫓지 말구요. 대개 우등생이 작가로서는 시원치 않다는 점도 곰곰이 생각해 보면 그 이유를 알게 될 것입니다.

제3장

문학은 대상과의 만남이다
- 대상에 대한 인식

나와 대상은 모순관계에 놓여 있습니다

　지난번 강의 때 말한 것으로 기억이 되는데, 내 자신이 인식하는 영성만을 오로지 확실하게 느끼지만 그것은 세상과 나와의 단절을 의미하는 것이며 고독이라는 것을 깨닫게 할 뿐이다―그런 말을 했지요? 오늘 얘기하려고 하는 대상은 나와 단절되어 있다는 그 세상인 것입니다.

　'나'라는 고독한 개체를 둘러싸고 있는 것은 모두 일체가 '나'의 대상인 것입니다. '나'는 대상 없이는 존재할 수가 없습니다. 그런데 여러분, 뭔가 잘못되었다는 생각이 들지 않습니까? 이율배반의 느낌 말입니다. '나'와 세상(대상)은 단절되어 있다는 인식과 '나'는 대상 없이 존재할 수 없다는 인식, 이 두 가지 인식은 분명한 모순입니다. 모순은 무엇입니까? 영원한 평행성이며 문제가 해결이 안 되고 때론 존재할 수 없는 것을 뜻하기도 합니다. 흔히 논쟁을 할 때 상대방을 공박하는 데 쓰여지는 것이기도 하지요. 소위 비논리적이라는 것이며 어느 한쪽을 선택하라는 위협이기도 합니다.

그러면 대상 없이 '나'는 존재할 수 없다는 엄연한 사실을 두고 세상과 나는 단절되어 있고 고독한 존재라 한 것은 그 무슨 까닭일까요?

우리들 눈에, 우리들 마음에 비쳐진 대상, 한결같이 그 모두는 나에게 어떤 개념이나 보편성만을 제시하고 진실을 파악할 수 없게 하기 때문이 아닐까요? 생각을 동원하고 기억을 투사해 보아도 언어가 지닌 안타까운 성질과도 같이 개념이나 보편성에서 벗어날 수가 없고 역시 진실로서, 실체로서 파악이 불가능한 것이 대상입니다. 결국 엄격히 말해서 실체를 모르는 것이지요. 모른다는 것은 낯섦이며 외로움입니다. 모르기 때문에 낯섦과 외로움을 경험한 기억은 누구에게나 있을 거예요. 그렇습니다. 모른다는 것은 일종의 소외감입니다. 일상에 무심하게 보아온 대상조차, 그것이 사람이든 사물이든 막상 그것을 추구하려면, 고정관념을 벗어던지고 보려고 들면 그 순간 우리는 벽에 부딪히게 됩니다. 결국 개념적인 것, 보편성으로 후퇴할 수밖에 없습니다. 이때 대상과 나와의 단절감을 느끼게 되는 것입니다.

산이라는 것을 하나의 대상으로 삼아봅시다. 산의 형태, 자원 매장량, 서식하는 동식물, 지질, 넓이와 높이, 이용가치, 그런 것을 조사하고 측정하는 과학적 대상으로서의 산이 아닌 우리의 인식 속에 들어오는 산을 말입니다. 하기는 과학적 대상으로서의 산도 궁극적으로는 그 실체를 알았다 할 수는 없을 거예요. 인체를 극명하게 해부해 놓고도 '도시 인간은 무엇이냐?' 해보았자 얻어지는 것은 하나의 정의일 뿐 진실과는 별개 아니겠어요? 산도 마찬가집니다. 여하튼 치악산 북쪽에서 산을 바라보는 사람은 북쪽에서 본 산의 형태를 두고 치악산이라 생각합니다. 그것은 실체가 아니지요. 남쪽에서 바라본 사람은 그 시야에 들어온 것을 치악산으로 생각합니다. 그 역시 실체가 아니지요. 사실 치악산은 남쪽 북쪽에서만 보여지는 것은 아닙니다. 사방팔방, 아래 위가 있고, 겉과 속이 있습니다. 더군다나 산속으로 들어가면 산이라는 막연한 개념이 있긴 하나 시계에 산이 있는 것은 아닙니다. 수풀이 보이고 자갈이 구르는 비탈길이 보이고 흐르는 개울, 이끼 낀 바위, 계곡과 석벽, 다람쥐가 보였다가는 사라지고 산새 울음을 들을 수 있으며 안개가 밀려오고 산죽이 바람 따라 드러눕는 광경, 산은 점점 막연해지고 몽롱해질 뿐, 결국 '나'는 행인이라는 사실만 홀연히 깨닫게 되는 것입니다. 산은 타

자이기 때문입니다. 알지 못할 것이기 때문입니다. 이때 우리
는 신비하다는 말로 생략해 버리지요. 적절한 사례였는지 모
르겠습니다마는, 또 어떤 이는 그런 것 몰라도 일상생활에 지
장은 없다 할 수도 있겠지요. '저승이 있는지 없는지 그런 공
연한 생각할 필요가 있겠느냐?' 할 수도 있겠지요. 하기는 그
렇군요. 더군다나 요즘 세상에는, 생각은 집약해야 하고 생각
은 비경제적인 것이라는 발상이 판을 치는 세태에서는 말입
니다. 그러나 다만 우리는 물체로만 살고 있는 것이 아니라는
것을 때때로 상기하십시오. 그 누구도 로봇으로 살고 싶은 생
각은 없을 테니까요.

인간은 불가사의한 존재입니다

그러면 좀더 비근한 예를 들어보겠어요. 사람의 경우, 인간
탐구라는 말이 있다시피, 그 탐구가 있는 이상 인간은 미지수
입니다. 인간은 뭡니까? 공급하고 배설하며 살다가 죽는 그
런 존재입니까? 인간은 우주의 축소입니다. 모든 생명은 우
주의 축소입니다. 우주를 모르듯 축소된 우주를 모르기는 매
일반입니다. 이해하기 쉽게 일상적인 인간관계를 얘기하겠
어요.

어떤 학생이 내게 "대인관계는 지뢰밭이다"라고 말한 적이

있어요. 그 말을 들었을 때 굉장히 가슴이 아팠습니다. 그것은 단적인 오늘 세태의 표현이었습니다. 그와는 반대로 목숨을 걸고 서로 사랑하는 인간관계를 생각해 봅시다. 진실로 목마름이 없을까요? 사랑하면 사랑할수록 외로워진다는 말도 있습니다. 그것은 개체가 지닌 숙명적 한계 때문입니다. 어느 누가 완벽하게 그 대상을 알았다 할 수 있겠습니까. 개체는 또 정지상태에 있는 것이 아닙니다. 시시각각 운동하며 변하는 것입니다. 생명 있는 것은 그 모두가 움직이며 시시각각 변하는 것입니다. 결국 알았다 하는 것은 근사치에 불과한 것이며 환상이거나 오해입니다. 결국 우리는 하나의 개념과 보편성으로 후퇴할 수밖에 없어요.

우리는 영원히 아는 것에서 후퇴할 수밖에 없습니다. 늙음과 죽음과 이별을 선택한 일도 없는데 받아들일 수밖에 없습니다. 해서 거머잡은 진실은 영원할 수 없으나 인간 탐구는 영원히 계속될 것이며 영원한 가설 속에 우리는 머물다가 갈 수밖에 없습니다.

끝내 인간은 불가사의한 존재입니다. 인간의 역사가 수천 년에 이르고 있지만 이제 겨우 인간학이니 여성학이니 하고들 있는데 그것은 의학에 있어서의 해부학처럼 일종의 추상적인 해부학에 불과한 것으로서 말하자면 어느 한쪽을 선택하는 속성을 지니고 있는 것을 부인 못 합니다. 논리란 언제나 어느 한쪽을 선택하게 마련이니까요. 그것은 옳고 그르다는 뜻이 아니며 치악산을 바라보는 시각에 한계가 있듯이 논리의 한계이며 한쪽을 선택하지 않을 수 없는 우리들의 한계인 것이지요.

우리의 역사 또한 모순인 동시에 갈등입니다

자, 그러면 '대상'과 '나'와의 관계에서 빚어지는 모순으로 돌아가 볼까요?

여러분, 생각해 보세요. 모순은 그렇게 결정적으로 부정적인 것인가를 생각해 보세요. 원심력이라는 것과 구심력이라는 이 두 개의 힘은 모순입니다. 밖에서 잡아당기고 안에서 끌어당기고, 만일 원심력만 있다면 지구는 산산조각이 나서 허공에 흩어질 것이며 구심력만 있다면 우주를 떠돌며 지나가는 물체는 지구에 마냥 쌓일 거예요. 여기서 우리는 조화·균형을 발견하게 됩니다. 사람의 마음도 그와 같은 모순에 가득차 있습니다. 사람들은 그 어떤 것에 의해서도 사로잡히는 것을 원치 않으며 자유를 갈망하고 해방을 꿈꿉니다. 그러나 사람들은 또 타자와의 합일을 갈망합니다. 다시 말해서 개체임을, 자주임을 완강하게 주장하면서 무리 밖으로 쫓겨나는 것을, 소외되는 것을 극도로 두려워하며 혼자임에 대한 불안에 떱니다. 인류 사회에 자유와 해방이라는 말이 끈질기게 있어왔듯이 의무나 사랑·사명이라는 말도 변치 않고 있어왔습니다. 그것은 모순인 동시에 갈등입니다. 역사를 보십시오. 역사는 자유와 해방을 위한 투쟁으로 물든 기록입니다. 그런가 하면 역사는 종족이나 국가를 위한 충성·사명감으로, 그것이 때로는 공범 의식일 수도 있고 타자에 의한 강요일 때도 있겠으나 어쨌든 봉사로 인한 투쟁사였다 할 수 있을 것입니다. 혁명에는 항상 자유와 해방, 정의와 충성, 애국애족이라는 상반된 기치가 펄럭입니다. 오늘 현실에서도 자유를 절규하면서 틀 속으로 들어가는 비극을 우리는 많이 보아왔습니다. 그 모순은 마치 앞면과 뒷면과도 같이 역사 진행의 두 주축이었다 할 수 있을 것입니다. 구심을 향해 모였다가는 원심을 향해 흩어지고, 사람이 죽으면 태어나고 그 끝없는 되풀이와도 같이 말입니다. 그러나 발전이 없었다고 말하지는 않겠습니다. 그것은 운동이며 진행이라 생각한다면 발전을 했다 아니 했다 하는 것은 근원적인 면에서 별반 의미가 있을 것 같지가 않습니다.

요즘에 와서 느끼는 일인데요, 여러분들은 어떻게 생각하세요? 단체 혹은 집단의 범람 시대에 살고 있다는 생각 안 해보았어요? 두드러지고 기라성 같은 집단도 많지만 크고 작은 것을 합하면 길가에 뒹굴고 있는 돌멩이만큼이나 많은 것 같아요. 물론 오늘날 사회구조가 확대되고 매우 복잡해진 까닭도 있겠지만 소위 분업 시대의 영향이 가장 클 듯싶습니다.

그리고 핵가족이라는 새로운 현상에서도 영향이 있지 않나 싶어요. 과학 문명의 부품조립식 같은 것도 그렇구요. 단위가 세분화되면 반대로 그 작은 것들이 모여드는 속성이라고나 할까요? 그것은 어쩌면 생존·보존 본능 같은 것인지도 모르겠습니다.

단체가 많은 것만으로도 놀라운 일이지만 교회와 사찰은 어떻습니까? 팽창일로, 신도들은 꾸역꾸역 밀려들고 있습니다. 신심이 지극한 사람도 물론 많겠지만 다만 틀 속으로 무조건 들어가려는 군중심리라고나 할까 그런 힘에 의해 교회를, 사찰을 찾는 사람도 적잖을 것으로 생각합니다. 그들 정신생활에 아무런 변화가 없는 것을 보면 더욱 그런 생각이 들고 종교가 세속화되어 가는 것을 보아도 그렇습니다. 세속화될수록 개체의 힘이 약화되는 것은 당연한 일이기도 하려니와 집단이 많아지고 그 집단들이 커가며 소리를 높일 때 집단 밖에 있는 사람이 불안과 두려움, 외로움을 느끼는 것 역시 당연한 일이겠지요. 소속감을 가지려는 욕구가 커지는 겁니다. 그러나 집단이 강력해지면 의지하는 대상에서 착취하는 대상으로 바뀌게도 되는 것입니다.

이것은 여담이지만 주변에서 흔히 듣는 얘긴데요, 일본의 단결심을 높이 평가하고 선망하며 우리네 분열을 개탄하는 소리 말입니다. 물론 단결은 국가나 민족을 위하여 바람직한 일입니다. 그러나 반드시 긍정적인 면만 있는 것은 아닙니다.

사자와 같이 개체가 강하면 무리를 짓지 않습니다. 양 같은 약한 동물이 무리를 짓지요. 약한 것은 무리를 지을 때 방어는 가능합니다. 그러나 무리가 거대해졌을 때 그 힘은 어딘가에서 폭발하지 않으면 안 됩니다. 과거 일본은 그 단결의 힘으로 인하여 아시아를 미친 이리처럼 짓밟았고 그네들 스스로도 원자탄 세례를 받았으며 패망했습니다. 그 단결은 폭력과 그들 스스로의 희생과 패망을 가져왔습니다. 좋기만 한 것도 아니잖습니까? 이렇게 말하면 반드시 오늘날의 경제 대국이 된 연유를 들어서 따질 것입니다. 그러나 경제를 독식하고 있는 일본의 미래는 미지수며 속단이 오류를 범할 때도 종종 있으니까요.

여하튼 집단이나 개체나 그것은 끊임없이 흩어지고 모이는 것으로 그 자체가 운동이며 대상과 '나'는 끊임없이 변하고 상충하며 갈등하는 것입니다. 문예사조 같은 것도 그와 같은 궤도를 도는 것인 성싶어요. 보편성과 조화, 이지, 이성을 표방하는 고전주의는 균형을 미의 본체로 삼고 있습니다. 조화나 균형은 개체의 존중보다 전체 혹은 집체를 숭상하며 인위적인 조직적 성격도 띠고 있습니다. 따라서 개체의 특성에는 개의치 않고, 있을 곳의 선정이 선행합니다. 매스게임을 예로 들면 가장 적절하겠군요. 감정적이기보다 이성적이며 정서적이기보다 의지적·이지적으로 볼 수 있겠습니다. 해서 개체의 억압이나 무시는 개체의 투쟁을 배태하게 되는 것입니다. 반대로 꿈과 상상과 강렬한 개성, 감정과 직감을 표출하는 낭만주의는 미의 돌출을 시도하는 것으로서 전체의 조화나 균형보다 집중적으로 개성이 창조를 지향하고 인위적이기보다 자연의 거칠고 황막하고, 신비스럽고 그런 것 편에서서 자유분방, 공간의 확대, 개인의 무한대한 상상과 꿈을 형상화하고자 하는 것입니다. 그러나 그것에는 그것에도 불확실성·불안전감에 대한 위구심은 있는 것이며 어떤 계기가 오면 쇠퇴하는 것입니다.

생명은 시간 선상에서 변화하지만 본질은 변하지 않습니다

나는 가끔 역사나 문예사조 같은 것에도 생명이 있을 것 같다는 생각을 할 때가 있습니다. 그것들은 다 같이 정체하지 않고 시간 선상에서 움직이며 변화하고 있다는 느낌 때문입니다. 모습으로 나타났다가 그림자로 숨어버리고, 그것은 명암과도 같이, 생명이 태어났다가는 죽고 또 태어나듯이, 그리고 생명의 본질은 변화도 없듯이 그것도 본질은 변하지 않는 것을 깨닫게도 됩니다. 사람들은 흔히들 새로운 사조, 새로운 주의·사상이라고도 합니다만, 사실 셀 수 없이 새로운 사조는 밀려왔다가 물러가곤 합니다. 야수파다, 인상주의다, 쉬르레알리슴이 어떻고 실증주의, 다다이즘, 총체주의, 탐미주의, 상

　　　　　　　문학을 사랑하는 젊은이들에게

징파, 표현주의 등 생각나는 대로 들먹여 보고, 또 요즘에는 포스트모더니즘이 유행인 모양이더군요. 그러나 그것은 모두 고전주의·낭만주의의 근간을 벗어난 것은 아닙니다. "시대에 따라 생활의 방식이 달라졌다 해서 삶의 본질이 변한 것은 아니다" 하고 언젠가 말했지만 사실 새로운 사조라는 것도 의상만 갈아입고 나타났을 뿐 근본부터가 새로운 것은 아니었습니다. 모든 것은 모순이며 갈등이며 상충입니다. 부정적 시각에서는 혼돈과 정체로 볼 수 있고 출구 없는 것으로도 볼 수 있으나 운동으로 본다면 그것은 이어지고 또 이어지는 생명의 지속성으로도 볼 수 있는 것 아닐까요? 따지고 보면 죽음과 삶처럼 극단적인 모순이 어디 있겠습니까. 우리는 그 상반되는 속에서 존재하는 것입니다. 그러나 만일에 생명이 태어나지 않았더라면 존재란 있을 수 없고 생명이 영구불멸하게 사는 것이라면 존재 그 자체를 인식할 필요도 없는 거 아니겠어요?

앞서 강의한 바 있는 생각의 여행이나 기억의 선상, 그 내용을 여러분들은 얼마만큼이나 기억하고 있는지 모르겠습니다만 생각의 여행도 그렇고 기억의 선상도 그렇고 그것에는 모두 대상으로 가득 차 있습니다. 그것이 기억 속에 생각 속에서 살아 움직이고 있다는 것은 참 신기한 일입니다. 그 대상인 타자는 형형색색이지요. 가만히 생각해 보십시오. 같은 것은 하나도 없는 것입니다. 질적인 것과 양적인 것, 수용해야 할 것과 배척해야 할 것, 천사일 수도 있고 무도한 악인일 수도 있고, 아름다운 것과 추한 것, 정의로운 것과 불의, 미묘한 것과 단순한 것, 그런 모든 것이 서로 상합, 상충, 이탈하며 이야기로 엮이기도 하고 끊어지기도 하고, 바로 소우주지요. 지금 이 순간 여기 고정된 장소에서조차 여러분들은 사실 감당하기 어려울 만큼 많은 대상에 둘러싸여 있습니다. 개념적으로 '사람이다' '학우다' '강의실이다' '책상, 천장, 창문이다' '창밖에는 나무가 있고 하늘이 있다' 그렇게 생각하는 것이 습관이며 간단한 것이지만, 또 우리는 그런 것을 보편적으로 받아들이기로 훈련이 되어 있고, 다시 말하자면 생략된 편리한 구조 속에서 살고 있기는 합니다마는 하나하나 대상의 확대량은 무한한 것이며 각기 알지 못할 베일을 감고 있는 것을 생각할 때 사사오입식의 합리성에 수긍이 가기도 합니다. 그러나 그런 합리성도 숨막히게 움직이고 무한한 확대, 무한한 축소, 갈등하고 모순에 맞물리며 상충하며 번개를 발하고 우주의 맥박, 대지의 맥박, 미물의 맥박까지 그 궤도를 같이 하면서 혼돈과 질서가 공존하는 생명이라는 실체, 설령 그것은 끝내 규명이 되지 못하였다 하더라도 그 생명에 뿌리를 박지 못한다면 명료함을 수렴한 합리적인 것도 전혀 다른 방향으로 진입하여 깨어지는 결과를 초래하게 되는 것입니다.

문학을 사랑하는 젊은이들에게

문학은 명리를 좇아서는 안 됩니다

　오늘의 시점에서 우리는 보다 깊이 그 일을 생각해야 할 것입니다. 문학도 바로 그렇습니다. 지금 문학은 어디로 떠내려가고 있습니까? 생활에서는 합리주의를 수용한다 하더라도 문학에서는 그러면 안 되는 것입니다. 문학은 더듬이 같은 것입니다. 활자를 박아서 돈벌이하는 것이 아닙니다. 가슴에 다는 훈장도 아닙니다. 재미있는 일도 아닙니다. 문학은 바로 그 대상과의 갈등, 모순, 상충에서 우선 출발하게 되는 것입니다. 모순은 불가사의한, 불가항력의 질서인지 모르겠습니다. 우주에서 작은 풀벌레에 이르기까지 존재의 존귀함과 신비스러움을 한 기간, 또 한 기간, 끊어지면서 이어지는 것을 우리는 눈 돌리지 말고 겸양하게 가슴에 안아야 합니다. 문학하는 마음도 바로 그래야 하지 않겠어요? 허송한 세월을 안고 명리에 찌든 모습으로 세상과 이별해서는 안 됩니다. 결국 그 인생은 입으로 집어넣고 아래로 배설하는 그것 이외 다른 것이 뭐 있겠어요? 흔히 '벌레만도 못하다' '짐승만도 못하다'고들 하는데, 삶의 진실을 생각할 때 그런 사람이 없지도 않습니다. 그런 사람들의 얼굴에 나타난 범죄의 자국을 볼 때 실로 연민을 금할 길이 없습니다. 나약하고 작은 풀들이 남 먼저 꽃을 피웁니다. 그리고 남 먼저 씨앗을 품습니다. 그것은 진실입니다. 어떤 벌레는 긴긴날을 땅속에서 알을 지키

다가 알에서 유충이 나오면 어미는 자신의 몸을 유충에게 먹입니다. 처절한 진실이지요. 내가 돌보아 주는 들고양이들을 보면 그 어미의 사랑이 눈물겨웠습니다. 병든 동료에게는 먹을 것도 양보하고 그것은 생명 본래의 마음 아닐까요? 생명은 존귀하고 아름답고 따뜻한 것입니다. 욕망에 가득 찬 도시를 생각해 보십시오. 생명이 없는 황폐한 도시를 그 폐허를, 여러분들은 인생의 결전장으로 생각하십니까? 핏발 선 경쟁에서의 승리를 꿈꿉니까? 공부는 장소가 아니며 마음입니다. 대상은 어디에나 있고 대상은 무진장합니다.

소설의 대상과 풍경에 대하여

　여러분, 지루한 시간을 잘 견디어주었습니다. 자, 그러면 문학에 있어서의 대상으로 좁혀 들어가 봅시다. 생각에는 불가능이 없다는 말을 했습니다. 기억이 정확할 필요는 없다고도 했습니다. 오늘은 대상의 본질은 결국 알 수 없는 것이라 했습니다. 네, 소설을 쓰기 위하여 자유로워졌다는 생각은 안 하세요? 자유로워진 것입니다. 자유야말로 창작의 공간입니다. 이제 자유로운 행보가 시작된 거예요. 알지 못한다는 것은 구애됨이 없이 대상을 내가 만들어본다는 여유입니다. 우선 대상의 몇 가지 유형을 만들어볼까요? 그러나 명심하세요. 생각과 기억의 도움이나 공급 없이는 안 된다는 사실을 명심해야 합니다. 비유하자면 옷감 없이 옷을 만들 수 없고 재료 없이 요리는 할 수 없는 것입니다. 그러나 천으로, 재료로 꺼내어 와야지 다된 옷 다된 요리를 꺼내어 오면 안 되지요. 그것은 나중에 설명을 하겠습니다.

　장례식을 전후하여 나타난 대상을 상상해 보겠습니다. 한 중년 사내가 아내를 장사 지내고 산에서 돌아온 후 골방으로 들어가서 낡은 군용 담요를 뒤집어쓰고 사흘 낮 사흘 밤 꼼짝없이 잠을 잡니다. 어떤 초로의 여인은 그 반려를 잃고 애통해하는데 친한 친지들이 조문 올 때마다 누구누구가 조화를 보내왔다는 말을 합니다. 그 누구누구는 권세가 있거나 명망이 있어서 이름만 대면 다 아는 사람이지요. 또 어떤 여인은 시종 화장한 얼굴로 조문객을 맞이합니다. 장지에 갈 때는 더욱 짙게 화장을 합니다. 햇볕에 그을릴까 봐서 그러는 거지요. 그의 상복 입은 맵시는 매우 아름다웠습니다. 어떤 남자는 마누라를 묻은 뒤 술에 만취되어 거리를 헤매며 고성방가를 하며 울다가 웃다가 하고, 어떤 여인은 한사코 사람을 피하며 뒤뜰 소금 독 옆에 끼어들 듯한 모습으로 자신의 머리카락을 쥐어뜯습니다. 어떤 어머니는 아들의 시체를 방에 두고 경영주였던 아들의 회사로 달려가서 장부와 도장을 챙깁니다. 아내의, 어머니의 시체를 떠메고 다니며 흥정을 하는 거야 요즘 흔히 있는 일 아니겠어요? 또 어떤 아들은 임종하려는 부친을 흔들어대며 "아무 곳에 있는 아무 집은 나에게 준다 했지요. 아부지"라고 말합니다. 이건 「외곽지대」라는 내 단편의 마지막 장면인데요, 마차를 끌며 입에 풀칠을 하는 가난한 사내가 철거 직전에 있는 산비탈 판잣집에서 난산으로 숨진 아내를 잃었습니다. 이튿날 친구가 찾아갔더니 마당가에 쭈그리고 앉아서 담배를 피우며 하는 말이 "식구 하나 줄었지 뭐"였습니다. 또 어떤 초상집에서는 죽자 사자 친하게 지내던 친구가 땅이 꺼지게 한숨을 토하더니 그곳에서 상사를 만나게 되고 사내는 승진을 공작하는 것입니다. 시체가 있는 방에까지 쳐들어온 빚쟁이가 있는가 하면 소실小室이 머리를 푼다 못 푼다 소동이고, 자식 잃은 홀어미는 들판에 나가서 손에 피가 흐르는 것도 모르고 이삭을 훑습니다.

한 사람의 죽음 앞에 천태만상의 대상이 지나가는 것입니다. 한순간 휙 지나가는 그들 모습에서 그들의 심리, 전후의 사정은 얼추 짐작이 될 것입니다. 그야말로 천태만상입니다. 같은 삶, 같은 죽음은 없습니다. 작품 속에서 인물들이 살아 있다는 것, 풍경이나 상황 사건이 생생하게 드러나 보이게 한다는 것은 쉬운 일이 아닙니다. 인물의 고형화固形化나 풍경이며 상황 사건 같은 것이 평면으로 보인다는 것은 천편일률적이거나 형틀 속에다가 집어넣기 때문입니다. 드라마를 보고 있으면 그것을 느끼게 됩니다. 극 속에 등장하는 가정부나 옛날 반가의 하인, 영문의 하급병졸, 주막의 주모 같은 경우가 특히 그런데 모두가 경망하고 익살스럽고 그런 모습들이 천편일률적으로 전개됩니다. 말하자면 재미를 돋우기 위한 감초 역할이지요. 아마도 그 전형은 『춘향전』의 몸종 향단이나 방자를 재탕해 놓은 것이 아닌가 싶어요. 그런 전형은 『춘향전』에서 끝나야 합니다. 복제품이거나 모형인 그것들이 살아 움직인다 할 수는 없고 다만 신분이나 처지만 동작을 하고 있는 거 아니겠어요? 수많은 가정부가, 과거에는 수많은 병졸, 하인, 주모, 몸종 들이 있었을 터인데, 사람은 없고 신분 처지만 나부대는 거 아니겠어요? 살아 있는 사람은 결코 복제품이 아닌 것입니다. 결국 그것은 자신이 목도했거나 아니면 간접으로 받아들인, 그러니까 얘기를 들었다든가 책을 읽고 알게 된 그 기억 속에서 만들어진 옷, 만들어진 요리를 꺼내었기 때문입니다.

풍경이라는 것도 그렇습니다. 물론 풍경이 포용하고 있는 것은 어떤 경우이든 많습니다. 사람을 위시하여 동물, 식물, 무수한 생명이 그 속에 있는 것도 그렇지만 포괄적인 풍경 그 자체도 살아 있는 것이며 홀로 있지 않고 죽어 있거나 정지된 상태는 아닙니다. 가끔 풍경이 무관한 듯 따로 놀고 있는 경우나 잠시 숨을 돌리기 위해 머문다는 식으로 무의미하게 삽입하는 경우처럼 박제품같이 정지된 상태의 경우를 보게 되는데 그래서는 안 되지요. 풍경도 동참하고 있는 것입니다. 등장인물에게 때로는 깊숙하게 관여하기도 하고 사진이나 상황에 관여하기도 합니다. 가령 사하라 사막을 지나면서 밤에 별을 보고 신의 계시를 받았다 한다면 밤의 그 끝없는 사막과 뱀은 아주 중요하고 결정적인 대상이 되는 것입니다. 이것은 풍경과는 다른 것이지만 음악의 천재가 악기를 만났다면 천재의 대상인 그 악기는 큰 의미를 가지게 되고 관운장이 적토마를 얻었다는 것도 상당히 운명적인 것 아니겠어요? '장군 나자 명마 났다'는 말이 회자된 것을 보면 말입니다. 가만히 놔둔 탁자 하나도 그 탁자의 임자 내력을 탁자는 공유하고 있다 할 수 있고 그런 뜻에서 가만히 있는 것이라 하더라도 대상이 되었을 때는 일단 살아서 움직이는 것으로 간주되어야 할 것입니다. 홀어미가 긴 밤 잠은 안 오고 장롱을 닦고 또 닦으며 매만졌다 할 것 같으면 그 장롱은 친구와 같은 의미를 갖는 것입니다.

여러분 어때요? 이해됩니까? 사실 나는 지금 언어의 장벽에 갇힌 기분입니다. 말이란 참으로 불완전한 거지요? 그야말로 내 생각을 버선목같이 뒤집어 보일 수 없는 것이 안타깝습니다. 작가로 나서겠다는 사람은 이 어눌한 말의 고비를 수천 번 수만 번을 넘어야 할 것입니다. 확실한 것은 아무것도 없습니다. 우리는 그 수없는 대상에 둘러싸여 확실한 것을 모르는 채 가고 있습니다. 어느 누구든, 작가라면 소설 속에 설정한 '나'와 대상의 관계에서 확실하게 뭔가를 꺼내었다면 그것이 바로 소설이라는 것을 깨닫게 될 것입니다. 왜냐하면 현실에서의 모든 대상은 그 하나하나가 미지의 세계입니다. 작가는 그 숲을 헤치고 들어가서, 끝없이 헤치고 들어가서, 그래도 만나지 못하는 것에 대하여 소설이라는 형식을 빌려 추상적 대상을 만들어보는 것입니다. 그것은 소망이며 또 꿈이며 미래입니다. 끝이 없는 미래입니다.

사실 내가 이렇게 많은 말을 지껄이고 있다는 사실이 좀 의아하기도 합니다. 다만 내 말이 여러분들 머릿속에 들어가 있다가 다된 요리같이 다된 옷같이 나오지 않기를 바랍니다. 천으로 혹은 음식 재료로 남아 있기를 바랍니다. 자기 자신의 마음으로 자기 자신의 눈으로 세상을 보고 자기 주변을 보아야 합니다. 재탕은 예술이 아닙니다. 천편일률적 몸에서 빠져나와야 합니다. 여러분들은 아직 맑은 감성을 가지고 있으리라 믿습니다. 정직하게 사물을 보세요. 특별히 감성이 좋은 사람이 없는 것은 아니지만 대개는 정직하게 공평하게 사물을 보지 않는 데서 모든 것은 왜곡되기 시작하는 것입니다. 어쩔 수 없이 막다른 골목으로 들어가게 되면 택일할 수밖에 없겠으나 하나를 택하고 고집하지 마십시오. 하나는 정체입니다. 그러면 사건 상황에 대해서는 다음 기회에 얘기하기로 하고, 오늘은 왠지 이 강의실이 낯설군요.

제4장

문학은 삶의 총체성을 표현한다
- 구성과 총체성

예술은 생명에 접근하는 행위입니다

본론에 들어가기 전에 말해두고 싶은 것은 개념적 지식의 습득을 여러분들은 경계해야 한다는 점입니다. 그것은 암기의 수단인 동시 암기를 강요하는 속성을 지니고 있습니다. 지금 내 앞에 앉아 있는 여러분들은, 전에도 말한 바 있지만 적어도 6년간 암기의 그 고달프고 캄캄한 터널을 간신히 빠져나왔을 것입니다. 흔히 암기력이 뛰어날 경우 수재라고들 하고 창조적 두뇌가 월등할 때 천재라 합니다. 그러나 나는 그러한 특질에 큰 의의를 느끼지는 않습니다. 왜냐하면 인생이란 지극히 내밀한 것이자, 또 각자 자기 자신만의 것이므로 그러한 평가는 타인의 기준이며 진정한 삶에 절대적인 가치가 될 수 없기 때문입니다. 여러분들은 수재도 천재도 아닌 자신에 대하여 실망할 필요가 없고 자기 특성에 순응하면서 세상에 존재하는 것, 그 모든 사물을 넓게 깊게 바라보며 받아들이며 삶의 본질에 접근해 가야 합니다. 생명은 공평하고 그 자체가 진실입니다. 그리고 풀 한 포기, 꽃 한 송이일지라도 생명에는 다 존재 가치가 있는 것입니다. 예술은 생명에 접근하려는 행위입니다.

개념적 지식의 습득을 경계하십시오

금세기는 천재보다 수재가 필요했던 시기인 것 같습니다. 우리들 생활이 온통 복제품에 둘러싸여 있는 것으로도 그렇고, 빠른 속도 속에서 멈추어 생각할 겨를이 없으며 모든 것은 속성이란 점에서도 그렇습니다. 따라서 넓이로, 즉 표피적인 것으로, 그리고 스쳐 지나갈 수밖에 없는 현실을 웬만한 사람이면 일종의 위기의식으로 감지하고 있을 것입니다. 고달프기보다 먼저 숨이 가쁘기 때문입니다. 변화 속에서 사고는 물론 감각조차 상황을 따라잡기가 힘들고 현실에 뿌리를 내린다는 것이 불가능해졌습니다. 끝없이 버려야 하며 어제의 것은 오늘 퇴물이 되는 생활의 양식, 사실은 끔찍스럽지만 지하철역에 밀려 나오는 군상처럼 사람도 사물도 무더기로 흐르는 사회, 이런 속에서 간이적(簡易的)인 개념을 취할밖에 없는 것은 어쩌면 당연한 일이겠지요. 그야말로 다이제스트가 판을 치는 세상이 된 것입니다. 이와 같은 시대 흐름 속에서 왜 여러분에게 개념적 지식의 습득을 경계하라 했을까요? 시대에 역행하라는 뜻도 되고 현실에 적응 못 하게 하는 뜻도 있으니 말입니다. 여러분들은 국문과 학생이며 나는 문학에 관한 강의를 하고 있기 때문입니다.

문학은, 특히 소설은 어떠한 경우에도 총체성을 띠는 것이며 개념이라는 조박지로 기워 맞추는 것은 아닙니다. 설령 불확실하다 하더라도(삶 자체가 불확실한 것) 사물을 개념적 시각 속에 가두어버리면 안 됩니다. 아까 무더기라는 말을 했는데 얼핏 생각나는 것이 아파트·양계장·목장·공장·백화점·거리, 밀리는 자동차, 그런 것들은 대형이라 할 수도 있지만 무더기로 표현할 수도 있을 거예요. 그리고 다양하다 하지만 어떤 면에서는 균일적 요소가 보다 두드러지는 것 아닐까요? 잘 생각해 보세요. 끝없이 버린다 해서 그것이 새로움일까요? 새로운 물건을 들여놨다 해서 그것이 새로운 삶일까요? 다양한 것 같지만 기실 인간은 단일화되어 가고 있지 않는가요? 기계를 닮아가면서 다양한 틀이 될 수 있는 사고의 퇴화를 우리는 도처에서 느끼게 됩니다. 작가는 총체적 상황을 파악해야 하며 그러기 위해서는 개념적 지식이 아닌 사고를 요구하게 되는 것입니다.

아주 오래된 옛날의 얘긴데요. 어느 시인께서 내 집을 방문한 적이 있었습니다. 대화 도중 내가 착각을 하여, 그것은 외국에 있는 어느 고유명사였는데 그것과 비슷한 고유명사와 혼동하여 틀리게 말한 거지요. 지금도 그렇지만 나는 원래 건망증이 심해서 참 많은 실수를 했고 웃지 못할 오해도 많이 받았습니다만 그러나 문제의 본질, 상황을 망각한 일은 없었습니다. 사실 지금 쓰고 있는 『토지』만 하더라도 등장인물이 몇 명이나 되는지 내 자신 정확하게는 모릅니다. 그러나 창작노트 없이 20여 년 동안 써왔고 인물의 성격, 사건 상황은 그리 큰 파탄 없이 이끌어왔습니다. 그 수많은 인물들은 항상 내 머릿속에서 놀고 있었다 할 수 있을 것입니다. 연설문 없이 강의를 하는 것도 그와 비슷한 습벽인데, 사람마다 글쓰는 태도가 다르고 방법이 다르니까 개성적인 문제겠습니다만 창작노트나 연설문 강의노트 같은 것을 만들지 않는 것은 내 경우, 언젠가 얘기한 일이 있으나 상상력의 저해, 한번 걸러버리고 나면 너무 매끄러워 생명력이 줄어든 것 같은 느낌 때문에 처음부터 문제에 정면으로 부딪쳐 보는 것이 아닌가 싶습니다. 그러니까 자자부레한 일에 한눈팔 여유가 없고 때때로 기억한다는 것이 사고의 방해꾼이 되기도 했습니다. 숫자를 왼다든지 가령, 집 주소, 전화번호 따위, 사람의 이름, 무슨 지명, 사무적인 것, 계산을 필요로 하는 것 등 캄캄 절벽이 될 때가 많지요. 기억해야 한다, 기억해야 한다는 말이 어떤 때는 공포감까지 몰고 옵니다. 아마도 그것은 무의식적인 회피의 현상이 아닌가 싶습니다.

기억을 위한 기억이란 대체로 기계적이며 움직이지 않는 대상일 경우가 많을 것 같고 유동하는 것, 변화하는 것, 그런 것은 의미를 내포하고 있으며 어떤 상황이기 때문에 기억하기보다는 파악되는 것이며 이해하는 것인 성싶습니다. 가령, 이전의 독일공화국 헌법의 명칭인 바이마르와 프랑스의 서점 명칭인 갈리마르, 이 두 개가 약간 흡사하여 순간적으로 혼동하여 말했기로 사실 그것은 기계적인 착오에 불과한 것이며 살아 있는 모든 것의 이야기에 심대한 영향을 미치는 것은 아니라 생각합니다. 물론 인위적 구조물에는 나사 하나 잘못되어도 큰 사건이 벌어질 수 있겠으나 삶과 생명은 언뜻 생각하기에 매우 구체적인 것이라 할 수 있지만 다시 생각해 보면 매우 추상적인 것이기도 하니까요. 출판물을 보면 가끔 오식이 있고 나 역시 시골 태생이라 사투리가 지문에 나올 경우, 해방 후 저절로 배운 한글인 만큼 철자법이 완벽하다 할 수도 없고 교정부에 신세를 많이 지는 편인데, 물론 완벽해야 하지만 생각에 쫓기다 보면 소홀해질 수도 있지요. 그러나 단어 하나의 잘못으로 전체나 내용이 달라지는 것은 아닙니다. 소설의 경우는.

이런 말을 구구하게 하는 저의에는 문장보다 내용에 유의하라는 뜻도 포함이 되어 있습니다. 아무리 문장이 유려하고 정확하다 하더라도 내용이 빈약하고 생명이 없다면 그것은 허울에 지나지 않으며 설사 좀 껄끄럽고 걸그적거리며 세련되지 못했다 하더라도 내용이 가득하여 생명이 충만해 있다면 다소의 결합은 세월 따라서 다듬어지는 것입니다. 하기는 제 나라 말에 대한 감성은 무디면서 철자법 따위에도 관대하면서 남의 나라 말의 스펠링이 틀렸다 하여 망신의 호재가 생긴 듯 어떤 원로 문인과의 문학논쟁에서 왈가왈부 쩨쩨한 풍경을 기억하고 있습니다만 그 같은 기풍은 해방 후 오늘까지 지식사회를 주도해 왔다 하여도 과언은 아닌 듯싶습니다. 지식을 모조리 외국에서 가져오는 탓도 있겠으나 그것은 일제가 남겨놓고 간 우리들 영혼의 일그러진 면 때문이 아닐까요.

하여간 내 착각 때문에 내 집을 방문한 시인께서는 매우 기분이 언짢아 내게 모멸의 시선을 던지며 일어서 가버렸습니다. 그러나 나는 별로 부끄럽게 생각하지는 않았습니다. 무식하다고 한참 불고 다니겠구나 하며 쓰게 혼자 웃었습니다. 그런데 그 무렵 내 집을 방문한 또 한 사람의 시인이 있었습니다. 천진한 추남의 천사 천상병이었습니다. 그는 대뜸 말하기를 작가가 꽃도 꽃을 줄 모르느냐 이게 뭐냐 하는 것이었습니다. 누가 가져온 거였던지 꽃이 묶인 채 꽃병에 꽂혀 있는 것을 보고 한 말이었습니다. 바빠서 우선 그래났다는 변명을 하기도 뭣해서 나는 잠자코 있었습니다. 그러나 천상병 씨의 불쾌해하는 어조는 단어 하나 때문은 아니었고 탐미적 감성에 관한 것으로 그가 순간적으로 파악한 것이 그의 미의식에 거슬린다는 것이었지요. 그는 욕심 없는 손바닥을 내밀기 위해 나를 찾아왔지만 결코 눈치를 보거나 자기 처지를 부끄럽게 생각하는 일은 없었습니다. 일체 계산을 하지 않는 거지요. 그는 길거리에서 마주쳤을 때도 가끔 손바닥을 내밀었습니다. 사실 그가 원하는 것은 술 한잔의 값이었고 드물게 집에 찾아올 적에는 데이트 자금이 필요했기 때문이었어요. 여기서 우리는 손바닥을 내미는 천사와 그 손바닥에 한 장 지폐를 올려놓는 속인의 모습을 그려낼 수 있습니다. 또 그것에서 도식적 사고방식이 얼마나 허약한 것인가를 깨닫게도 되는 것입니다. 한번은 그가 이런 말을 했습니다. 고향(마산)에 갔다가 조카 운동회에 가보았는데 조무래기들이 뛰는(몸짓으로 흉내까지 내며) 것을 보니까 눈물이 나더라. 그 조무래기의 하나가 천상병 자신이 아니었을까요? 동백림사건 때, 푸른 수의를 입고 공판장에 나온 사람은 천상병 시인 혼자였습니다. 모두 흰 한복을 입고 나온 속에서 오로지 그 혼자만 이 죄수복을 입고 있었습니다. 그 후 김수영 시인이 돈을 거둬서 옷을 지어넣고 영치금도 넣게 되었는데 모금에 참여했다 하여 박경리 동지라 쓰인 엽서를 김수영 시인으로부터 받은 적이 있습니다. 돈을 쓴 내역에 대한 보고였습니다. 눈이 크고 키가

큰 김수영 시인도 천진한 아이였습니다. 그런 영혼들이 지금은 이 세상에 없습니다. 그들은 다 승천하고 말았지요. 여기서 우리는 다시 그들의 값어치를 물어보지 않을 수가 없습니다. 다만 그들은 좋은 시를 남긴 시인이었을 뿐일까요? 가난하고 푸대접받았던 그들의 영혼이 그처럼 영롱했다는 것은 무엇을 의미하는 것일까요? 참으로 부끄럽고 원고료 인세로 안정된 환경에서 글을 쓰는 내 자신이 미안할 따름입니다. 혈전장과도 같이, 경쟁의 원리가 도사리고 있는 시장을 방불케 하는 문학의 터전, 설사 지순한 젊은 영혼들이 고통받고 고뇌하며 이 불가사의한 소란의 세상을 질러 나가려 한들 그들을 도와줄 보호막 하나 없는 규환과 색채만이 요란하고 범람하고 강산을 메우는 쓰레기, 아파트촌에는 유민같이 고양이들이 떼지어 다니며 산의 나무들은 들려오는 개발 소리에 몸을 떨고 땅도 하늘도 억조창생이 황폐해 가는 현실, 여러분들은 어느 길을 택하겠습니까? 열심히 암기하고 모방하여 복제품 만들어 호구지책, 아니면 명예를 거머쥐기 위하여 무슨 자격시험 따내듯 문단에 등단하려 합니까? 참 답답하고 할 말이 없군요. 내 스스로가 멸망감 같은 것, 끝내는 문학 같은 것은 스스로가 소멸되지 않을까 하는 기우에 사로잡힐 때가 있으니 말입니다. 그러나 시시각각 변합니다. 시간도 사물도 결코 정체해 있지 않다는 데 희망을 걸어봅시다. 네, 그래요. 내일 지구가 멸망한다 하더라도 오늘 사과나무를 심듯, 마지막 순간까지 경이로운 생명을 시간을 무위하게 내다 버려서는 안 될 것입니다. 우리 자신을 위하여.

자신의 우주 속에서 창조하는 주제는 한정되지 않습니다

구성의 총체성이라 했는데 그것에 대하여 말하려고 작심을 해놓고 보니 뭔가 한 가지 빠진 것 같습니다. 순서가 뒤바뀐 것 같기도 하구요. 그래서 주제에 관하여 잠시 언급하고 넘어갑시다. 주제란 작품의 중심이 되는 것이며 창조적 원동력이 되는 동기로서 작품 바닥을 관류하는 기본적인 것이라고들 합니다. 그러나 결국 무엇을 쓸 것이냐의 문제 아니겠어요? 물론 어떤 동기가 선행되어야겠지만 그러나 동기도 없이 어거지로 꿰맞추거나 짜 맞추는 경우도 없지 않아 있습니다. 문리적이라 할까요? 아, 아닙니다. 그렇지는 않지요. 문리적이란 어거지로 되는 일이 아니니까. 우리는 자연현상인 물리를 좀더 존경할 필요가 있겠습 니다.

우리가 지금 기다리는 메시아가 누굽니까? 물리에 의해 천하를 제자리에 바로 놓아주는 사람 아니겠습니까? 물론 사람이 아니어도 좋지요. 각설하고, 사실은 여러분들에게 창작법을 강의한다는 자체가 꿰맞추고 짜 맞추는 방향으로 유도하는 위험을 다작이다, 연습이다 하여 안이하게 생각할지 모르

문학을 사랑하는 젊은이들에게

지만 출발부터 그래서는 안 되는 것입니다. 자기 내부의 불씨를 살라야지요. 아예 불씨가 없다면 문학에서 손을 떼는 게 옳고, 제 눈에 보여야 하고 마음속에 있는 것에서 시작해야 합니다. 그것이 자신의 체험이든 간접체험이든 아니면 국외자로서 지켜보았던 일이든 간에 어떤 동기에 의해 마음에 와닿거나 할 때 그것에 다가가 보세요. 그러면 글을 쓰고자 한 사람 심중에 무엇이 스치고 갔는가.

여러분들이 의식하는지 모르겠습니다만 사람들 마음속에는 끊임없이 타자와 내가 스쳐가고 스쳐오곤 합니다. 그러면 선택을 하는 겁니다. 가령 전쟁의 참상을, 사랑의 진실, 정치적 음모, 계급에 관한 것, 이산가족, 분단문제, 혈육 간의 갈등, 농촌의 피폐상, 환경에 관한 것, 미래에 대한 예감, 과거에 대한 반추, 이밖에도 많겠지만 그러나 대개의 경우 사람들은 주제에는 한계가 있다고 생각들 합니다. 소설에서 연극에서 드라마에서 유사한 주제를 보기 때문이지요. 그게 그거 아닌가, 인간사에 뭐 그리 다른 것이 있겠는가, 텔레비전 드라마에 지치지도 않고 유사한 주제를 가지고 되풀이하는데 또 이상하게도 사람들은 식상해하지 않고 그것들을 보는 것 같습니다. 소위 그 오락성 때문이지요. 사랑하는 것, 이별하는 것, 고통받는 것, 미워하고 원망하고 빈곤과 부유가 맞물리며 강자와 약자, 신분의 높고 낮음, 불운과 행운, 그러한 것이 갈등하고 상충하며 악과 선이 대결하고, 그것이 운명일 때도 있고 인위적일 때도 있고, 애정문제에 있어서도 그래요. 만남과 헤어짐, 삼각관계 사각관계의 설정, 불륜이 있는가 하면 순애보가 있고 돌발적 사고, 불치의 병 등등 비슷비슷한 줄거리를 배우의 얼굴만 바꾸어놓고 약간의 꾸밈새를 달리하여, 결국 그 얘기가 그 얘기다 하면서 시청자는 그것을 계속해 보기 때문에 계속해서 제작하는 것입니다. 앞서도 말한 것처럼 오락성, 그리고 또 인간의 보편성 때문인데, 그렇다면 새삼스레 주제 운운할 필요가 없지 않겠습니까. 원형 몇 개 만들어놓고 의상만 갈아입히는 것이라면 말입니다.

심지어 소설가 중에서도 얘깃거리가 없다 하는 말을 들은 적이 있었습니다. 그것은 얘깃거리가 없어졌다기보다 상상력이 메말라 버린 거지요. 수차례 말한 바 있지만 시간의 일각일각은 새로움이며 삼라만상 동일한 것은 없습니다. 즉 사람의 삶은 각기 자기만의 것이며 자기만의 삶 자체도 순간순간 새로움인 것입니다. 그러면서 모든 사물과 연관되어 있고 아무리 작은 것이라 하더라도 자기만의 우주 속에서 시시각각 변화하면서 우주와 통합되어 있는 것입니다. 즉 불변하는 것과 변화하는 것 속의 갈등이 개체 하나 속에서 내밀하게 일고 있는 이상, 다시 말하자면 인간이, 생명이 갖는 보편성과 개체만의 것인 비밀스러운 특성이 있는 이상 주제는 결코 한정되어 있는 것은 아닙니다. 얼핏 보기에 비슷하다는 것은 겉모양이며 한 작가가 모방하거나 기계적으로 복제품을 만들어

내지 않고 자신의 귀로 자신의 눈으로 듣고 보면서 마음에 비쳐진 것으로 창작한다면, 분명히 그렇습니다. 우리 자신은 무한 속에 존재하는 유한의 생명이기 때문입니다. 우리가 도달한 곳은 없고 우리는 다 알았다 할 수 없고 우리는 영구불멸의 존재도 아니며, 무한의 그 신비 속을 헤집고 들어갈 수 없는 억조창생의 생명들이 각기 다르게 슬퍼하고 소망하기 때문에 이 세상에는 한정된 것이 없는 동시 한정되어 있기도 하는 것입니다. 좀더 구체적으로 말한다면 소설의 주제 자체는 한정되어 있는 것이지만 또 무한정하다, 바로 그것은 갈등인 것입니다. 인생에는 결론이 없습니다. 시간이 끝이 있습니까? 공간이 끝이 있습니까? 목숨은 삶은 끝이 있지만 끝이 없는 것과 끝이 있는 것이 존재하기 때문에 결론이 나지 않습니다. 그뿐만 아니라 끝이 있는 그것은 그냥 존재하다가 가는 것이 아니며 마지막 순간까지 변화를 거듭하며 새로운 시시각각을 존재가 아닌 살다가 가는 것이기 때문에 소설에 있어서의 주제라는 것도 끝이 있는 동시 늘 그것은 새로움인 것입니다. 같은 것이 없다 한다면 주제란 무한한 것이며 보편적인 것으로 볼 때는 한정이 되어 있는 것이지요.

작가의 내면세계가 중요합니다

이것은 얘기가 좀 달라지는데요. 사실 기억이 뚜렷하지 않아서 확인을 해보려 했지만 책이 노다지로 그냥 쌓여 있어서 『세계희곡전집』을 꺼낼 수가 없었습니다. 작가의 이름이나 얘기의 줄거리를 얘기하려는 것은 아니니까, 기억나는 대로 예를 들어보겠습니다.

두 사람의 희곡에 관한 것입니다. 기억이 나는 한 사람은 이태리의 시인이자 소설가이며 또 희곡작가였던 '단눈치오'이며 나머지 한 사람은 혀끝에 뱅뱅 돌면서도 영 그 이름이 생각나지 않아요. 이 두 사람은 희랍신화 속의 얘기를, 그러니까 같은 얘기를 소재로 하여 희곡을 썼습니다. 그 신화의 제목도 다 까먹고, 하여간 같은 얘기를 극화한 것인데, 그것을 읽었을 당시, 그러니까 문단에 나오기 훨씬 전이었지요. 나는 상당한 감명을 받았으며 도식적인 생각을 극복하는 데 많은 도움을 받았습니다. 그것은 같은 얘긴데도 불구하고 전혀 다른 세계였다는 점이었습니다. 단눈치오의 희곡은 화려현란하고 관능적이며 격류 같았고 그런데 뭔지 모르지만 예술적 향기가 없었다 할까 다소의 속기도 있었던 것 같았습니다. 그러나 또 한 작가의 희곡은 투명하고 잠긴 호수처럼 고요했으며 신비스러운 영성을 느끼게 했습니다. 어째 같은 얘기의 세계가 이렇게도 상반할 수가 있을까요? 그것은 두 작가의 내면세계가 전혀 달랐기 때문입니다. 결국 내가 말하고 싶은 것은 형식이 문제가 아니라는 거지요. 내용이 중요하다는 것입니다. 내용은 뭣이냐, 그것은 작가의 심장이며 눈이라는 것이지요.

예를 하나 더 들어본다면 프롤레타리아 문학인데, 근래 우리 나라의 노동문학, 분단문학을 생각해 보십시오. 이데올로기라는 틀 속에 집어넣어서 만들어진 작품이 많았던 것 같아요. 해방 후에도 그랬었지만, 예술로서 이데올로기를 승화한 작품은 드물었지 않았나 싶어요. 전전 일본의 경우도 그랬던 것 같아요. 무슨 보고서 같은 느낌이라 할까요? 의무적으로 읽지 않으면 안 되는 그런 내용들이었으며 고바야시 다키지의, 드물게 스케일이 크고 정확하게 현실을 파악한『게잡이 공선』이 있고 그 자신이 노동자였던 도쿠나가 스나오의『태양이 없는 거리』라는 작품이 인상에 남을 뿐, 성공한 작품은 많지 않았던 것 같아요. 누군가는 "농민과 노동자는 소설적 인물이 아니다"라고 주장했지만, 물론 그것은 근본적으로 틀린 말입니다. '노동자 농민이야말로 진정한 소설의 주인공들이다' 역시 그것도 편견입니다. 나는 "인간은 누구든 소설의 주인공이다"라고 말하고 싶어요. 다만 뜨거운 심장으로 투철한 눈으로 써야 한다는 생각입니다.

어째서 해방 후 특히 근자에 와서 위대한 프롤레타리아 문학(소설)이 없었는가. 그것은 식자의 관념적이며 조직의 일부분이라는 냉정한 인식 때문이며 혹은 남의 삶, 남의 진실을 자기 속에 투영한 다분히 센티멘털한 감격파의 치밀한 인식이 없었기 때문이 아닌가 싶습니다. 자신의 삶, 자신의 진실에서 이데올로기로 들어간 프롤레타리아 작가가 아니었다는 것이지요. 그 자신 생래의 노동자가 아니었다는 뜻입니다. 30여 년 전이었던지, 백화제방 때 일이었지 싶은데 젊은 하직이라는 인물과 당시 문학가동맹의 위원장이었던 모순茅盾과의 논쟁이 있었는데, 논쟁이라 하기에는 좀 뭣하지만, 하직은 숄로호프와 노신의 작품을 예로 들어가며 예술성이 앞서야 하고 작품의 완성도에 따라 사상의 선전효과도 기할 수 있다는 그런 논지를 폈던 것 같습니다. 그 말은 옳습니다. 그런데 모순의 주장은, 다소 치졸하더라도 세월을 기다리면서 노동자의 의식을 끌어올려 그들 속에서 진정한 작가가 나와야 한다, 그런 내용인 것같이 기억이 되는데, 나는 그 말도 옳다고 생각했습니다. 왜냐하면 프롤레타리아 문학을 할 수 있는 사람은 바로 프롤레타리아 자신이기 때문입니다. 그 자신일 경우만이 뜨거운 심장과 냉철한 눈을 가질 수 있기 때문입니다. 누이야 동생이야 울부짖어봐도 창백한 손의 식자들 노래는 그들 세계에 밀착된 것은 아닙니다.

주제에 대한 얘기가 옆길로 나간 것 같지만 실상 그렇지는 않아요. 진실한 얘기는 가슴마다 담겨 있고 사람마다 주제는 각기 다 안고 있다고 본다면 무궁무진일 것이며 남의 눈으로 인간을 보편화한다면 주제는 지극히 한정이 되어 있다 할 수 있을 것입니다.

구성이란 보이지 않는 것들을 살아 있게 만드는 작업입니다

구성의 총체성에 대하여, 물론 소설 자체가 허구이지만 그중에서도 구성이란 허공에 띄워진 보이지 않는 구조물이라 할 수 있습니다. 비유한다면 건물이라는 입체적 구조물일 수도 있고 풍경의 평면적 도면일 수도 있겠지만, 입체적 구조물이나 평면적 도면과 같이 어느 장소에 한정된 것은 아닙니다. 가령 어느 사무실 내부라는 지극히 좁은 공간을 무대로 설정해 놨다 하더라도 그것은 소설 속에서의 가시적 범위일 뿐 가시 밖의 것이 들고 나가고 무수하게 실상은 이동하고 있는 것입니다. 더 좁혀서 한 사람의 화자로 고정시켜 놓는다 하더라도 그의 얘기의 내용에는 우주를 수렴할 수도 있는 것입니다. 좀 성급하게 말을 한다면 "소설적 구성에는 제약이 없다." 그렇게 말할 수도 있습니다. 또 방만하게 말을 한다면 "구성에는 원칙도 규약도 없고 다만 네 식대로 해라. 그러나 되게 해라." 그렇게 말할 수도 있습니다. 어떻습니까? 막연하지요? 그러나 나는 설계사무실에서 도면을 보고 "여기가 잘못됐다. 여기는 괜찮다. 여기는 좀 수정해야겠다" 하며 조수에게 일러

주는 건축가는 아닙니다. 솔직히 말해서 듣는 여러분보다 책상 앞에 앉아 생각하고 글을 쓰는 작가 자신이 구성이라는 것에 부딪치며 구름을 잡듯 막막해진다는 것이 정직한 고백입니다. 보이지 않는 기둥, 보이지 않는 지붕, 마을이며 도시, 산이며 나무, 하늘과 억겁 저 먼 곳에 있는 별, 무수한 사람들 생명들, 인간이 살아온 발자취, 내가 걸어온 길을 돌아보아야 하며 미래를 천착하기도 하고, 머릿속에 들어 있는 온갖 소도구를 다 끌어내어야 하고, 그런 무수하게 잡다한 것을 활자로 구체화할 준비를 해야 하는 것입니다.

　여러분, 명심해야 할 것은 가시 안에는 없는 그러한 것들이 살아 있어야 한다는 것입니다. 각기 살아서 숨을 쉬고 있어야 한다는 것입니다. 그것은 창조해야 한다는 것이며, 네 식대로 해라 그러나 되게 하라고 말한 뜻도 바로 거기에 있는 것입니다. 그림 맞추기가 아니라는 얘기지요. 실물을 조립하는 기계적 과정이 아니라는 얘깁니다. 기계 아닌 영성이 담긴 것을, 실물 아닌 것을 허공에다가, 그러나 치밀하고 정확하게 빈틈없이. 기둥이 짧으면 집이 기웁니다. 기왓장이 잘못 놓이면 비가 샙니다. 길가에 뒹굴고 있는 돌은 그냥 뒹굴고 있는 것이 아닙니다. 그냥 뒹굴고 있는 것 같지만 작가는 무심하게 그것을 배치하면 안 됩니다. 풍경은 필연적인 것이며 사람의 마음과 사건과 상황과 깊이 연관되어 있는 것으로 다 함께 삶을 연출하고 있는 것입니다. 돌 하나, 새 한 마리, 나무 한 그루, 모두 인간과 더불어 삶이라는 드라마를 전개하고 있으며 존재가치를 보유하고 있는 것입니다. 화자가 풀에 대하여 꽃에 대하여 얘기한다면 구성의 과정에서 살아 있는 꽃을, 풀을 배치해야지 조화를 가져오면 안 됩니다. 심정적으로 향기를 느끼며 자태를 보아야 하는 것입니다.

구성에는 반드시 리얼리티가 필요합니다

또 구성을 전체의 테두리라 생각하는 것도 안이한 생각입니다. 한 인체가 형성되기까지는 무수한 장기와 순환기와 세포와 두뇌와 그 속에 담아지는 영성이 있어야 합니다. 인간이라는 테두리에서 세포라는 테두리도 있다는 것을 알아야 합니다. 그것이 소위 리얼리티, 여러분들은 현실감, 사실적 그런 것을 문장에 있다고 생각하는 경향이 있는 듯싶은데 가장 리얼리티가 요구되는 것이 구성입니다. 그의 총체성과 개체가 조화되기 위해서는 사실 건축사도 돼야 하고 정원사도 돼야 하고 교사·노동자·농민 각계각층의 인물을 등장시키는데 마음으로 그들을, 살아 있는 인간의 특수한 직책을 지닌 인간을 실감해야 하는 것입니다. 가령 살인 사건을 구상할 때, 그 살인 사건이 일어나는 진정한 동기의 설명이 있어야 함은 물론 과정의 타당성 그리고 장소를 설정하는데 그 장소의 설정에도 필연성이 있어야 합니다.

『토지』에는 최 참판 댁의 거대한 가옥이 설정되어 있습니다. 마음속으로 나는 그것을 설계하고 지었습니다. 사건의 필연성과 과정을 위해 설계한 것입니다. 삼신당은 귀녀의 범죄와 필연적 관계가 있고 초당은 최치수가 살해되는 곳이며 누각은 광여의 광기와 관련이 되어 있습니다. 담장에 핀 능소화는 이부형제가 마주치는 광경을, 분위기를, 사연을 심정을 강조해 주는 역할을 하구요. 문장의 한 행 한 행 속에 구성은 배어 있어야 하며 그런 작은 실개천이 모여서 망망대해를 나가듯, 아주 낮은 멜로디·리듬이 모여 교향곡이 되듯 말입니다.

그러면 어떻게 해서 그것을 이루게 하는가, 되게 하는가. 그것은 모든 사물에 대한 애정이며 자기 자신에 대한 애정입니다. 또한 존재에 대한 존엄성을 인식하는 것이며 따라서 그것은 기르고 보살피는 연민 같은 것이지요. 기르는 것이야말로 다시 말하여 모성이야말로 창조의 위대한 원동력이지요. 대지는 모성입니다. 수많은 생명을 균형과 조화에서 벗어남이 없이 길러내고 있는 것입니다. 농부도 모성입니다. 농작물을 자식같이 돌보고 자라나게 하고 열매 맺게 하니까요. 요즘 세태는 그 모성이 사라져가고 있습니다. 대지의 모성은 빈사상태이며 농부들은 땅을 괴롭히고 뭇 생명들을 학살하며 수탈을 일삼고 있지 않습니까? 어머니들은 자식을 공부하는 기계로 변질시켜 가면서 인성을 박탈하고 있습니다. 기르는 마음이 없습니다. 예술도 돈 나오는 업종으로 전락하고, 진정 고통을 감내하려는 창조의 기쁨을 맛보려는 마음들이 없어져 가고 차디찬 금속적 활자만이 눈에 보이는군요. 여러분들, 어찌 생각하세요? 우리는 이대로 가도 되는 겁니까?

제5장

문학은 이데올로기를 초월한다
– 세분과 통합

세 가지 에피소드

4, 5년 전이었던지, 낯선 사람 몇 분이 나를 찾아온 적이 있었습니다. 용건인즉 지역감정 해소를 위한 단체를 만들려 하는데 발기인의 한 사람이 되어달라는 것이었습니다. 그때 나는 "진정 지역감정 해소를 원한다면 그러한 단체나 그런 용어 같은 것은 없을수록 좋은 거 아니겠는가, 거론될수록 사람들 의식 속에 그 문제는 스며들 것이며, 자연스럽게 잊혀지는 방향으로 몰고 가는 것이 바람직하다"는 뭐 그런 의견을 말하면서 그분들 협조 요청을 사양한 일이 있었습니다. 또 하

나 생각나는 일은, 모 일간지에 여권문제는 여성들 독자적으로 운동을 전개하는 것보다 인권으로 크게 묶어서 강력하게 밀어붙이는 것을 원칙으로 해야지 여권, 남권(인권)으로 분리·대립되는 관계는 진정한 남녀평등에 이르는 길이 멀어질 뿐만 아니라 갈등과 상충에 빠질 우려가 있고 시작에서부터 불평등을 내포하고 있다는 그런 요지의 글을 쓴 적이 있는데 단박 반박하는 편지가 날아들었던 것입니다. 세 번째는 그러니까 텔레비전이 컬러로 바뀌기 전이었어요. 『토지』가 드라마로 제작될 무렵이 있습니다. 방영되기 전에 선전용으로 나온 화면을 보니까 차전놀이에다가 강강수월래가 호화롭게 펼쳐지는데 여자아이들은 요즘 공연되는 모습과 똑같이 꾸며져 있었어요. 거창하고 눈요기는 될 수 있었지만 『토지』가 지닌 현실감하고는 거리가 멀었습니다. 조그마한 마을에서 차전놀이를 하는 것도 그렇고 가난한 농부의 딸들이 한결같은 비단옷을 입은 것도 그렇고, 마침 방송국에서 전화가 왔기에 그 점을 지적했더니 시청자를 잡아야 하는 소위 상업성 때문이라는 해명이었습니다. 담당자의 그러한 해명에 다소 격앙되어 나는, "시청자의 눈을 끌려면 오히려 김개주(『토지』 속에 나오는 동학의 장수)의 처참한 효수 장면을 클로즈업하고 또 원경으로 처리하는 그런 수법이 훨씬 자극적이며 제작비도 적게 든다"라고 말했던 것입니다. 그런 일이 있은 후, 어떤 모임에서 방송국의 『토지』 제작팀과 합석할 기회가 있었고 그 자리에서 젊은 연출가는 매우 섭섭해하는 어투로 "선생님은 소설가로서의 철학이 있고 드라마는 드라마로서의 철학이 따로 있습니다"라고 말하는 것이었습니다. 그 말은 매우 타당했습니다. 그러나 나는 "소설에 사람을 그렸지 철학을 얘기하려 했던 것은 아니죠" 하고 볼멘소리로 대꾸했습니다.

그 후 곰곰이 생각을 하게 된 것은 철학에 대한 인식이었습니다. '그가 말하는 철학이란 대체 무엇을 의미하는가?' '흔히 쓰게 되는 용어로서의 안이한 발언이었다면 그것에도 문제가 없는 것은 아니지만 철학이 인간이나 생명의 본질을 앞지른 것이어서도 좀 곤란한 일이 아닐까. 오늘이 바로 그와 같은 딜레마에 빠져 있는 시대가 아닐까?' 하고 생각했던 것입니다.

분단문학에 대하여

이상 세 가지 경험을 이야기하는 까닭은 오늘 강의하고자 하는 내용과 연관되는 부분이 있기 때문입니다. 오늘의 강의는 학생들 질문에 의한 것으로 지금까지의 강의 흐름에서 다소 꺾여지는 감은 있으나 순서에 관한 것이니 크게 문제될 것이 없고 전번 강의에서 언급된 바도 있었으니까요. 처음 분단문학과 노동문학에 대한 질문을 받았을 때 사실 나는 막연했습니다. 왜냐하면 질문한 학생의 의중을 충분히 짚었기 때문입니다. 그러나 회피할 수 없는 우리들 현실이고, 보면 결국은 고통스러워도 통과하지 않으면 안 될 문제인 것입니다. 여러분들이 납득할 수 있게 냉철하게 강의할 수 있을지.

　분단문학, 더러 들었고 지면에서도 보아온 분단문학, 막상 그것을 다루려니까 왜 기분이 이렇게 이상한지 모르겠어요. 뭐랄까 기이한 느낌, 분노 같은 것이 치밀어요. 참 잘도 무신경하게 지내왔다는 자책, 자조, 하여간 기분이 고약합니다. 과문의 탓인지 모르겠습니다만, 내가 알기로는 문학 경향의 표현으로 분단문학이란 용어가 쓰여지는 경우는 아마도 우리나라가 유일하지 않나 싶습니다. 혹 그런 곳이 또 있는지 모르겠습니다만, 대체로 유일하다 할 때는 자랑스러운 경우가 많은 법인데 불행하게도 우리에게 유일한 그것은 고통이며 수치이며 동족상쟁의 가슴마다 맺힌 응어리가 아니겠어요? 왜 우리는 이렇게 되어야만 했고 그 까닭은 무엇인가 성급해진 한국인, 찰나주의와 한탕주의, 무책임하고 남 따라 흘러가고 있는 제정신 아닌 것 같은 우리들, 왜 한국인의 성품이 이렇게 변하였는가. 기계문명의 탓이라고도 하고 정치체제 탓이라고도 하고 갑자기 돈을 벌어들인 졸부의 비속성 때문이라고도 하고, 물론 그 점을 배제할 수는 없습니다. 그러나 근원적으로 우리들의 부초의식은 바로 삼팔선이 그 원인입니다. 우리 민족정서의 변화는 어떠한 요인보다 바로 저 마의 삼팔선 때문인 것입니다.

　사람은 잊어버리는 속성이 있습니다. 잊고 살고 있는 것 같지요. 그러나 삼팔선이 존재하는 한 잊는다는 것은 하나의 엄폐 수단에 지나지 않아요. 죽은 사람을 잊고 떠난 사람을 잊는다는 것은, 그 상처가 아무리 깊어도 결국은 잊게 되는 것입니다. 그러나 엄연히 존재하는 것을, 그것도 인연이 끊이지 않았고 서로가 작용하며 한 자락으로 붙어 있는 것을 잊을 수 있겠습니까? 그것도 시시각각 언제 어떤 모습으로 마주하게 될 것인지, 삼팔선이 터진다는 화해의 환희를 꿈꾸는가 하면 삼팔선이 터진다는 전쟁의 공포에 시달리기도 하는 이 두 가지 희망과 절망이 공존하고 있는 것이 근 50여 년 동안 우리의 의식구조였습니다. 북한의 사정도 마찬가지 아닐까요? 이 잔인하고 혹독한 세월 속에서 생존해 온 우리 민족, 아무도 우리는 그것을 원하지 않았습니다. 6·25를 보는 시각도 그래요. 이념전쟁이라는 말을 하기도 하고 강대국이 매설한 역사적 지뢰의 폭발이라고도 합니다. 여러분들은 어떻게 생각하세요? 아니면 생각이 전혀 없나요? 분단, 삼팔선, 그 엄청난 상황, 우리 민족은 내리지르는 힘을 거의 알몸으로 견뎌야 했으며, 부서져야 했으며, 압사해야만 했습니다. 여러분 이러한 내 민족을 못났다고 욕하겠어요? 미워해야 하나요? 업신여겨야만 합니까? 남북의 분단 말고도 우리는 수없이 분단의 상처를 받아왔습니다. 잘게 썰고 가르고 각기 다른 목소리를 내지르며 내 패 네 패로 갈라지고 정치적 성향이 좀 다르다 해서 다정했던 친구는 적으로 돌변하고, 결국 한 사람 한 사람의 입지가 좁아지는 이 끝없는 분화 현상의 끝은 자멸 이외 뭐가 있겠습니까?

우리는 따뜻한 가슴으로 의지하고 서로 껴안아야 하며 위로하고 위로받아야 합니다. 혹독한 세월, 혹독한 상황에서 우리는 이렇게 살아남지 않았습니까? 입장을 바꾸어서 다른 어느 나라가 우리와 같은 처지에 빠졌다면 과연 어떤 모습, 어떤 양상이 벌어졌을까 한번 생각해 보세요. 잘난 사람들, 남의 나라에 가서 배워왔다는 사람 중에서도 간혹 보게 되는데 남의 얘기하듯 자신만은 이 강산과 무관하다는 듯 툭하면 엽전 타령이요, 제 얼굴에 침 뱉는 얘기를 늘어놓는 사람들, 국토분단 동족상쟁의 후유증인지 모르지만 그것이 객관성이며 지성인지, 우리가 처한 절박한 사정은 도외시하고 복된 나라, 남의 것 앗아다가 돼지같이 살찐 나라의 자를 가져와서 재려 드는, 그야말로 만고에 편한 사람들. 그렇지만 현실이란 결코 수치적인 것만은 아닙니다. 또 현실이란 과거를 짊어질 수밖에 없는 것이며 미래의 요인으로 존재하는 것입니다. '현실이니 할 수 없다'라며 현실을 수치로만 생각하는 편의주의들은 이것저것 잘라내고도 매우 편안한 얼굴인데, 일본에다 내 강토와 백성을 팔아넘겼을 때도 그 도배들은 '현실이다' 했을 것이며 악과 악이 손을 잡고 은혜를 원수로 갚는 후안무치한

졸개들도 '현실이 그런데 뭐' 하며 시원한 얼굴로 지폐를 세고 있었을 것입니다. 각설하고 우리의 강토가 찢어발겨지지 않았던들 분단문학이라는 이 괴상한 신조어도 없었을 것인즉 착잡하고 서글픈 생각이 듭니다. 우리가 얼마나 더 기다려야 이 반갑지 않은 용어가 역사 속으로 사라질까요.

자, 그러면 분단문학이라는 것을 생각해 봅시다. 분단문학뿐만 아니라 분단 그 자체에 대해서도 생각해 보아야겠지요. 그런데 남북이 분단되었을 뿐만 아니라 아까도 말했지만 남한 도처에서도 분단의 양상을 볼 수 있습니다. 그 분단의 양상에서 두드러지는 것이 의식의 분단입니다. 의식의 분단은 어떤 기형적 현상을 낳게 했습니다. 그것은 분단문학이 지닌 성격입니다. 분단이란 말 그대로 분단 이하도 이상도 아닙니다. 그것은 국토가 두 동강이 났으며 반세기의 시간이 흘렀다는 그 사실입니다. 분단문학이란 어느 유파를 대변하는 문학적 용어는 아닙니다. 어느 유파가 독점할 성질의 것도 아닙니다. 우리 민족 누구나 할 것 없이 인식하지 않으면 안 되는 현실이듯 그 용어는 그런 우리 모두의 현실이라는 성질을 띠고 있는 것입니다. 정확하게 말을 하자면 분단문학일 수 없지요. 분단 시대의 문학이라 해야 옳습니다. 반세기 동안 분단된 상태에서 남북 할 것 없이 작가가 창작한 작품은 모두 분단 시대의 산물입니다. 테두리를 좁혀서 생각한다면 분단을 소재로 한 문학작품, 그것을 분단문학이라 할 수는 있습니다. 그

문학을 사랑하는 젊은이들에게

러나 분단은 어느 특정한 사람에게만 일어난 상황은 아닌 것입니다. 가령 6·25 때 국군으로 참전한 남편이 전사하고 과부가 된 여자가 그의 자식들과 함께 노두를 헤매었던 사실, 인민군이 포로수용소에 갇혀 있는 세월 속에 북에 남은 노모의 안타까운 기다림, 그것은 다같이 분단이 빚어낸 비극인 것입니다. 악덕한 상인이 동족상쟁을 기회로 피난지 부산 항도에서 부정하게 거금을 거머쥐었다든가, 형무소에서 끝끝내 전향을 거부하다 옥사한 사상범이라든가, 긍정적이든 부정적이든 그것은 분단이 빚어낸 사정인 것입니다. 분단으로 인하여 파생된 일이니까요.

앞에서 나는 분단문학에 대하여 문학 경향의 표현이라 했습니다. 한데 그것은 잘못된 얘깁니다. 내 의식 밑바닥에 어떤 의구심이 있어서 그랬던 모양입니다. 분단문학을 이념적 경향으로만 파악하는 게 아닌가 하는 평소의 의혹 때문이지요. 질문한 학생의 의도 역시 그렇지 않았나 생각했던 거지요. 작가는 작가 자신의 가치관에 따라서 문학의 말뚝을 양편 어느 쪽에든 박을 자유가 있습니다. 중간 지대에다 박을 수도 있지요. 그러니까 분단이라는 문학적 공간은 어느 특정된 작가의 전용물이 아니라는 얘깁니다. 분단은 우리 민족의 총체적 현실 또는 상황으로서 문학은 바로 그 상황 속에서 자신의 가치관에 따라 자기 몫을 하는 작업입니다. 작가뿐만 아니라 민족 전체, 어느 한 사람 분단이라는 상황 속에서 떠밀어 낼 수도 도망칠 수도 없으며 원하든 원치 않든 이미 휘말려 들었고 체험했으며 또 분단의 시대를 지금도 살고 있으니까요. 분단이라는 총체적 상황 속에는 실로 셀 수 없이 다양한 모습들이 제각기 모습대로 숨 쉬며 움직이고 있습니다. 그 다양성이야말로 작가가 선택할 수 있는 영역이지요. 그렇습니다. 각기 개인이 처해 있는 입장만큼 다양성을 띠고 있는 것입니다. 민족이 총체적으로 체험한 것이면서 동시에 개개인이 체험한 것이었으니까요. 가령 일제강점기의 우리 문학을 말할 때 일제시대는 다만 조선 민족을 가두어 둔 용기라고나 할까요? 그리고 포괄적인 상황을 말할 수는 있지만 그것이 문학의 경향을 설명해 주는 것은 아닙니다. 특색이나 경향을 말할 때 친일문학·저항문학·반일문학·계급문학 등으로 갈라볼 수는 있으나 만일 일제문화(일제강점기의 문학)라 한다면 어떤 유의 문화도 포함이 되는 것이며 분단문학(분단 시대의 문학)이라면 역시 그 시대에 되어진 모든 경향의 작품도 다 포함이 되는 것입니다. 네, 그렇습니다. 이념의 색채를 띤 것만이 분단문학을 통과하는 통행증을 받는 것은 아니라는 얘기지요. 우리는 이 편협성에서 탈피를 해야만 우스운 꼴을 면할 수 있습니다.

노동문학에 대하여

그러면 노동문학에 대해서 얘기해봅시다. 최근 동향에 대해서는 나보다 학생들이 더 많이 알고 있는지도 모르지요. 노동문하이 낯설기로는 분단문학의 경우와 마찬가집니다마는 그 낯설어하는 기분에는 상당한 차이가 있는 것 같군요. 노동문학이라는 것에 거부감이 있어 그런 것은 결코 아닙니다. 노동문학이라는 말이 언제 어디서 시작되었는지 잘은 모르지만 아마도 아주 최근의 일이 아닌가 싶고 내 연배쯤 되는 사람에게는 프롤레타리아 문학이라는 말이 훨씬 귀에 익어 있어서 그래요.

노동문학은 프롤레타리아 문학, 혹은 사회주의 리얼리즘 문학과 상통한다 할 수 있겠고 또 경우에 따라 그 자체라 할 수도 있을 거예요. 반대로 훨씬 단순하게 노동자가 쓴 글이라든지 노동현장을 작품화했다든지, 말하자면 의식화되지 않는 상태도 있을 수 있을 것입니다. 가령 영국의 작가 토머스 하디가 농촌을 배경으로 쓴 소설을 농민문학이라 했듯이 정치 이념과는 상관없이 말입니다. 여하튼 노동문학은 분단 문학과는 다르게 상대적이며 직설적인 성격을 가지고 있군요. 그리고 엄밀히 말해서 농민문학과 다르고 더 엄밀히 말한다면 프롤레타리아 문학, 사회주의 리얼리즘 문학과도 상당히 거리가 있다는 점에 유의해야 할 것 같습니다.

프롤레타리아 문학은 계급문학으로서, 물론 노동자도 포함이 됩니다마는 도시 룸펜 부랑자를 주인공으로 하는 경우가 많습니다. 고리키의『체르카시』에는 호방한 부랑자가 나오는데 대조적으로 심약하고 비굴한 농부를 배치해 놨습니다. 이와 약간은 비슷하게 볼 수 있는 작품에『카인의 후예』가 있는데 이 작품은 일본작가 아리시마 다케오가 쓴 것으로 역시 부랑자가 주인공입니다. 자연과 운명 그리고 인간사회에서도 버림받은 한 포악한 야인의 갈 곳 없고 절박한 삶을 힘찬 필치로 성격을 부각한 아주 좋은 소설입니다. 아리시마는 프롤레타리아 문학을 진작부터 제창한 사람이었습니다. 우리나라의 작가 김사량에게도 부랑자를 취급한『지기미』라는 소설이 있고, 그것은 아주 출중한 작품이지요. 그는 해방 후 월북한 좌익 작가였습니다. 6·25 때 종군작가로 남하했다가 병을 얻어 원주에서 사망했다는 것이었습니다. 이밖에도 프롤레타리아 작가나 작품은 상당수 있는 것으로 압니다만 얼핏 떠오르는 것이 없습니다.

혁명적 발전 방향으로 사회와 역사가 진행되고 있다는 관점에서 그것을 인식하려는 문학적 방법인 사회주의 리얼리즘 문학은, 사회 전체가 그 파악의 대상인 만큼 노동문학은 그 일부로 간주될 수 있겠는데, 그런 입장에 선 작가들 중에 영국의 작가이자 문명비평가인 웰스, 미국의 싱클레어, 드라이저 같은 작가가 기억납니다. 프랑스의 아라공 같은 작가도 그렇고 러시아의 고리키를 들 수 있습니다. 그러나 그런 작가들이 노동문학을 했다는 말은 듣지 못했습니다. 오히려 독일의 자연주의 작가 하우프트만의 직조공이라는 희곡이야말로 노동쟁의를 취급한 최초의 문예작품이 아닌가 싶습니다. 가난한 직공들, 일을 해도 해도 가난한 그들이 오래간만에 고깃국을 먹는데 굶주린 창자가 그것조차 받아내지 못하자 토하는 장면이, 40여 년 전에 읽은 작품인데 지금도 기억에 남아 있습니다. 굉장한 자극과 감동을 받은 탁월한 작품이었습니다. 이밖에도 노동현장, 오호츠크 해상에서 노동자와 독점자 본가의 심상을 극명하게 그려내어 넓은 시야에서 정확하게 현실을 파악한 일본의 고바야시 다키지의 『게 공선』이 있고 『부재지주』 『공포 세포』 『당 활동가』, 이밖에도 유명한 좌익에 대한 대탄압이 있었던 숨막히는 그날을 작품화한 『1928년 3월 15일』이 있는데 고바야시는 1933년 체포되어 학살당하고 말았습니다. 지난번에도 말했지만 도쿠나가 스나오의 『태양이 없는 거리』도 노동쟁의를 취급한 작품이지만 다분히 통속적이며 도식적 관념에 빠져 예술성이 모자란다 할 수 있습니다. 작금 우리나라에서도 노동문학의 활발한 창작 행위를 볼 수 있고 상당한 수량의 작품들이 간행된 것으로 알고 있으나, 그리고 기억에 남는 작품도 있었지만 거의 창작에만 몰두하고 있는 내 사정 때문에 상세하게 그쪽 사정은 잘 모릅니다. 어쨌든 활발했다는 것은 알고 있지만 아직 대단한 걸작은 없는 듯

합니다. 사실 나는 비평가가 아니기 때문에 남의 작품을 많이 읽을 기회가 없을 뿐만 아니라 분석하고 비평하는 것도 내 영역이 아닌 것 같아서 이런 유의 글이 사실 좀, 그렇습니다.

본래 사람뿐만 아니라 생명을 받고 세상에 태어난 일체의 생물은 그 자체가 변화 혹은 운동의 지속으로써 존재하기 때문에 에너지를 필요로 하는 것이며 즉 먹는 것, 보급해야 하는 것, 그것을 위하여 일을 하게 되어 있습니다. 하는 일의 종류가 여하한 것이든 간에 먹는다는 것, 보급한다는 것은 일하는 것과 일치합니다. 그 결과가 사는 일입니다. 그런데 그것이 인간사회에서는 노동력의 착취로 나타나고 분배의 불평등으로 나타나고 불로소득과 축재 같은 현상으로 나타나고 그러한 요인으로 말미암아 역사는 투쟁으로 물들여져 왔습니다. 크게는 침략과 전쟁 그리고 멸망이라는 형태로 역사는 진행되어 왔습니다. 정치 이념의 근원도 바로 거기에 의거한 것이 아니겠습니까. 사실 '먹는 것' '일하는 것' '산다는 것'은 삼위일체로도 볼 수 있으나 '산다는 것'에 먹는 것이 소속되고 '산다는 것'에 '일하는 것'이 소속된다고 할 수도 있습니다. 그리고 또 산다는 문제에 있어서 '어떻게 사느냐' 혹은 '보다 나은 삶을 영위해야겠다' 같은 당위성의 문제에서 파생되는 것이 문화며 문명일 것입니다.

그런데 문화와 문명은 한편 일에 종속될 수도 있는 것입니다. 먹는 것과는 직접적인 관련이 없이 기능이나 창의성은 일과 손을 잡게 됩니다. 대체로 기능은 문명에 속하며 창의성은 문화에 속한다고 보아야 할 것입니다. 이 두 개를 다시 분석해 보면 기능은 생산적 성격을 띠지만 창의성은, 어떤 부분에 있어서는 추상적이지 않은 실물일 때도 예술적 창작물을 생산의 차원으로 보지 않기 때문입니다. 때로는 잉여물로 인식되기도 하니까요. 이렇게 되면 일이란 에너지를 얻기 위한 에너지의 소비라 할 수 있는데 그것을 순환으로 간주하게도 되지만 에너지를 얻지 못하는 에너지의 소비가 있다는 것도 깨닫게 되는 것입니다. 바로 그런 까닭으로 예술을 잉여물로 생각하게 되는 것이지요. 그러나 창의성은 기능의 틀이 된다는 것을 알아야 합니다. 삶 전체의 바탕이 된다는 것도 잊어서는 안 될 것입니다. 현물로 제시되지 않았다 해서 존재하지 않는 것은 아니니까요. 그것은 마치 현물로 내보일 수 없는 것이지만 마음은 분명히 존재하는 것과 마찬가집니다. 여기서 인간이 다른 생물보다 발전했다는 것을 알게 되는 것입니다.

자, 이렇게 되면 상호연결이 매우 복잡해지면서도 한편 확대된 것을 느낄 수 있을 것입니다. 좀 전까지 뭉뚱그려서 표현해 온 일이라는 개념만 가지고는 안 되게 됐다는 얘기지요. 육체노동과 정신노동으로 분리하게 되는 것입니다. 그러나 노동이라는 개념에서 사실상 상대적으로 정신노동이라는 것이 모호해졌습니다. 어느덧 노동은 육체를 써야 하는 행위에만 국한되게 된 것입니다. 아까도 말했지만 노동, 노동자, 노동문학 등은 새로운 출현이며 새로운 구성원, 새로운 세력으로 생각할 수 있습니다. 프롤레타리아 문학은 19세기 중반쯤에서 나타났고 그 뒤를 이은 것이 사회주의 리얼리즘 문학입니다. 노동자가 부상한 것도 산업혁명 이후의 일이었을 것이며 그 조직은 확대일로 오늘에 이른 것입니다.

우리나라의 형편을 보면, 아마 다른 나라도 비슷한 사정이었겠습니다만, 이조 말엽까지 근대화에 이르지 못하고 봉건제도(조선의 봉건제도는 다른 나라와 그 양상을 달리하고 있다)에 머물러 있을 시기까지. 물론 육체노동과 정신노동이 구분되어 있었으며 유한계급도 존재하고 있었지만 유흥을 빼고는 모두 일이라는 것으로 몰아붙여 놓고 각기 활동의 장소를 달리했던 것입니다. 육체적 노동에 종사하는 사람들을 대별해 보면 생명을 기르는 일에 종사해 온 사람이 농부였으며 만드는 일에 종사한 사람은 장인이었습니다. 목수나 석공·도공, 기타 수공예로 생계를 꾸려나갔던 사람들이지요. 나머지가 사역당하는 계층입니다. 나라의 역사에 징발되어 강제노동을 한다거나 반가의 종, 부농가의 머슴, 혹은 관가의 하졸들이 그런 계층에 속합니다. 이 세 가지 계층의 사람들은 모두 육체노동자였던 것입니다. 그러나 일이라는 다 같은 개념 속에서 같지 않은 각기의 일을 한다는 것이 그 당시의 일에 대한 인식이었습니다. 물론 귀천이나 엄연한 계급의식이야 있었지만, 정사에 종사하는 대신도 '나랏일을 한다' 했고, 용무를 보러갈 때에는 '일 보러 간다' 했으며, 관혼상제를 치를 때에도 '큰일 치른다' 했습니다. 이렇게 두루뭉술 일이라는 것으로 통일되어 있기는 했지만 그 특색은 귀천과 상관없이 상하하고도 상관없이 모든 사람의 일은 독자적이었다는 점입니다. 그것은 각 개인의 거의가 일의 시작에서부터 완성까지 혼자 했기 때문입니다. 물론 그것은 수공업이었기 때문이며, 사역당하는 계층 말고는 농부나 장인들은 독자적인 위치에 있었던 것입니다. 그 독자성에는 어떤 창조적인 정열이 내재할 수도 있었을 것이며 자신에 대한 존엄의 의식도 있었을 것입니다. 창조의 희열 같은 것, 수확의 만족스러움도 있었을 것입니다.

그러니까 자신의 의사와 상관없이 맹목적으로 사역당하는 계층의 확대 조직화가 오늘의 노동자계급으로 발전했다 볼 수 있고 임금노예라는 말도 생겨나게 된 것입니다. 확대 조직에는, 수공업이 쇠퇴되고 기계공업의 발달로 인하여 대부분의 장인들이 임금노예로 흡수되었을 것이며 실제 산업혁명 이후, 특히 영국에서는 곡물을 수입에 의존하고 장사만 하겠다는 정책 때문에 농부들은 도시로 흘러들어 임금노예로 변신한 것이 가장 두드러진 예가 될 수 있습니다. 결국 다소 차이는 있겠으나 세계의 추세는 임금노동자의 확장으로 이동해간 것이 20세기의 크나큰 인구이동으로 생각할 수도 있습니다. 그 같은 사회변혁 속에서 노동을 하지 않으면 먹고 살 수 없는 사람이 대다수일 때 당연히 문학의 주인공들로 등장할 수 있었습니다. 노동자라는 특정한, 그러나 방대해진 계층에서 문화적인 요구가 일게 되는 것도 자연스러운 일 아니겠어요? 요구뿐만 아니라 내부에서 터져나오는 창조적 정열도 묵과할 수 없는 일이었을 거예요.

그러면 노동자, 노동문학이 옛적에는 없었느냐, 절대로 그렇지는 않습니다. 얼핏 생각나는 것이 농요입니다. 어디 농요뿐이겠어요? 〈어부가〉며 베 짜는 노래, 강을 흘러가는 사공의 뱃노래며 지게작대기 두드리며 부르는 나무꾼 노래며 우리나라 골골마다 전해져 내려오는 속요들을 생각해 보세요. 심지어 걸식하는 각설이패의 그 사설도 생각해 보세요. 그뿐만 아니라 숱한 설화에도 가난한 농부, 고달픈 머슴, 나무꾼, 몸으로 때우지 않으면 먹고 살 수 없는 소위 노동자들의 얘기는 많습니다. 그 얘기들은 순수하고 질박하며 인간의 아름다움을 표현하고 있어요. 내가 순수하다고 말한 것은 오늘날 이념이 앞서는, 또 앞서야 하는 문학을 생각했기 때문입니다. 그러나 이념이 앞선다는 것을 배격할 생각은 없습니다. 그것은 그네들의 입장이니까요. 결국 처지가 여하하든 간에 사람 중의 한 사람, 혹은 사람 중에서 가난한 한 사람이라는 옛날 그들의 인식은 그들로 하여금 슬픈 처지 자체를 하나의 정서로 몰고 가게 했던 것이며, 정치적 이념에 입각한 오늘의 노동자들 입장은 정서적이기보다는 투쟁적이며 평등한 삶을 쟁취하는 혁명적 의식에 눈뜬 만큼 문학을 삶의 방편으로 치부할

문학을 사랑하는 젊은이들에게

수밖에 없는 것입니다. 사회주의 리얼리즘 문학은 사회라는 큰 덩치에서 인간을 파악하려 하고 프롤레타리아 문학은 계급적 측면에서 인간을 파악하려 하는 만큼 언제나 선행되는 것은 이데올로기일 수밖에 없습니다. 하니 작품의 완성도가 중요한 것이 아니며, 정작 중요한 문제는 그것이 이념을 위해 어느 만큼의 쓸모가 있는가 하는 것입니다. 결국 예술지상주의를 철저하게 배격하는 것이지요. 그들은 문학을 옹호하는 것이 아닙니다. 문학은 그런 것이다, 하는 정의에서 시작이 되고 있으니까요.

하직과 모순의 논쟁도 그와 같은 견해 차이의 노정으로 보아야 합니다. 그들의 논쟁은 처음 있는 일이 아니며 그곳에서만 일어난 논쟁도 아닙니다. 해방 후 우리나라에서도 좌우익이 첨예하게 대립되었을 때도 그랬지만 이미 일제강점기부터 되풀이되어 온 쌍방 간의 주장이었습니다. 당의 노선이 바뀌지 않는 한 그들의 문학관은 바뀌지 않을 것이며 또 그것은 공공연한 일입니다. 노동자 이론지도자는 말할 것도 없고 작가 자신조차 그것은 양해사항이었습니다. 1920년을 전후하여 1928년, 공산당 거의 전원이 검거되어 조직이 완전 파괴되고 함몰해 버리기까지 일본의 프롤레타리아 작가들이 노동운동에 있어서 일종의 소모품이었다는 것은 공공연한 일이었습니다. 그리고 노신의 그 주옥과도 같이 완벽한 소설들은 거의 초기의 것으로, 그가 프롤레타리아 작가로서 열렬하게 활동했을 무렵에는 거의 창작은 포기 상태였으며 프롤레타리아 문예이론 확립을 위해 주력했고 반동세력은 물론 민족주의문학론까지 어용문학으로 규정하여 이론투쟁에 혼신을 바쳤던 것입니다. 그리고 주로 번역과 목판화 보급에 주력했던 것입니다. 그러니까 만년에는 창작이 없고 논쟁과 사회평론의 기록이 남아 있을 뿐인데 그 사실만으로도 우리는 그간의 사정을 짐작할 수 있습니다.

프롤레타리아 문학이 기세를 올렸을 무렵 그 대부분의 문학작품들이 노동자·농민보다 도시 룸펜 부랑자를 소설의 인물로 설정한 것도 그 무렵의 작가들 거의가 인텔리겐치아였다는 데 기인하지 않나 하는 생각도 해봅니다. 접근하기가 노동자·농민들보다 용이했을 것 같기도 하고 노동자·농민이 집단인 반면 도시 룸펜이나 부랑자는 개인이란 점에 원인이 있었지 않았나 그런 생각도 해봅니다. 물론 노동자·농민이라고 개인으로서 접근 못 한다는 것은 아니지만 조직화된 상태와 혼자 굴러다니는 처지에는 상당한 인식, 감성의 거리가 있을 것입니다. 결국 조직이 갖는 제한이 창작력을 저해하는 일면이 있기도 하지만 문학이, 즉 창의력이 삶의 바탕이 된다는 관점과 생산성을 띠지 못했다는 이 두 관점의 차이점을, 그러나 우리는 누가 옳고 그르고를 따질 것이 아니라 깊이 통찰해볼 필요는 있을 것입니다. 공산주의가 무너졌다 해서 자본주의가 승리한 것도 아니며 또 승리했다면 그것은 옳은 것이어야 하는 데 과연 자본주의가 전적으로 옳은지는 앞으로 더 두고 보아야 하겠지요. 오늘의 세계 추세를 보건대 끝없는 이익 추구의 그 원죄는 지구 파멸의 화약과도 같은 것이니 우리는 더 멀리를 내다보는 눈이 있어야 할 것입니다.

앞에 세 가지, 내가 경험한 일을 말했는데 본 강의와 어떤 연관이 있는지 학생 여러분 생각해 보세요.

제6장

문학은 존재에 대한 표현이다

- 무궁한 표현의 조화

개념은 보편화될수록 단순해집니다

중생이 본래 우둔하여 그러하였는지 아니면 성현께서 표현의 한계를 느끼시고 그러하였는지, 그분들의 가르침은 비유로 가득 차 있습니다. 그럼에도 불구하고 무식한 귀신은 진언도 듣지 못한다는 속담이 있었습니다. 이 경우 비유는 진리에의 접근을 유도하는 것이며 속담은 진리와의 괴리 현상을 나타내는 것입니다. 이와 같은 괴리 현상이나 유도 방법을 두고 쉽사리, 확연하게 긍정과 부정이라는 보편적 분류, 혹은 분별을 하게 되고 가치판단의 기준을 삼으며 그것을 개념화하는 것이 인간의 능력인 듯싶습니다. 성현의 비유를 하나의 정점으로 삼아봅시다. 피라미드 형태를 상상해 보세요. 아래로 내려올수록 비유는 보편화되고 개념적으로, 즉 단순해지며 성글어지는 것입니다. 넓은 저변에 와서는 보다 희소해져서 결국 그 보편성 개념마저 사라지게 되는 것입니다. 괴리 현상이지요. 대체로 문화의 형태는 그와 같은 이행을 보여왔던 것입니다. 그러나 어떤 경우 어떤 현상 속에서도 변함없이 시간을 관류해 온 것은 삶이며 목숨이었습니다. 또한 그것은 연대적으로 이어져 왔던 것입니다. 최소의 생명체 하나일지라도 내부는 내부대로 외부는 외부대로 연대하지 않고는 존재할 수도 변화할 수도 없습니다. 이러한 연대적 단위를 보다 큰 것으로, 그보다 더 큰 것으로 각각 묶어보면서 상승하고 또 극대화하다 보면 마지막으로 나타나는 것이 우주라는 개념입니다. 우주를 공간으로 본다면 극대화된 개체, 연대된 단위로 생각할 수 있지 않아요? 그러한 무수한 단위를 크면 큰 대로 작으면 작은 대로 피라미드의 형태를 적용해 보면 어떨까? 그런 생각이 문득 드는군요. 피라미드는 좀 이상하다 할지 모르겠고 구조적인 것으로 오해할 수도 있습니다.

사실, 막상 이야기의 방향이 이렇게 풀리니까 난감하기도 하고 당황스럽기도 합니다만 흐름, 시간에 관하여, 또는 진행과 변화에 대한 것을 말하려 했는데, 물론 시간을 가능하게 하는 것은 공간이 존재하기 때문이지만요. 어쨌든 언제나 시작은 창조였다는 말부터 해두지요. 시작이란 없는 상태에서 있게 하는 출발이기 때문에 그것을 정점으로 본 것이며 그러자니 피라미드의 발상, 그렇게 되네요.

좀더 이해하기 쉽게 말을 하자면 내용의 차이는 있으나 시초 두 마리의 양을 만들었다, 혹은 두 마리의 양이 출현했다, 그 양들이 번식하여 수천 마리의 양이 되었다, 그러면 두 마리의 공간과 수천 마리의 공간을 질러 나가는 것은 시간이며 그어진 시간의 모습은 피라미드의 형태다, 그렇게 볼 수 있잖아요? 여하튼 그 수많은 단위 중에서 인류라는 것을 들어 올려봅시다. 문학하는 사람뿐만 아니라 모든 분야 모든 사람의 가장 큰 관심의 대상이 인류, 인간이라는 것은 말할 나위가 없겠지요. 인류라는 자체, 인간이라는 그 자체에 초점을 맞추는 분야도 물론 많겠으나 가령 인체를 해부하고 수리하고 치료하는 의학에서 대상을 인체로 한정한다거나 인류의 특성 형질을 연구하는 인류학, 그런 것과는 다르게 문학은 변화하고 행동하며 진행되는 인간의 바로 그 삶 자체가 절실한 관심의 대상인 것입니다. 보이는 것과 보이지 않는 것, 육신과 영혼, 그것이 상충하고 갈등하며 통합되고 진행하면서 시간 선상에 명멸하는 그 본질을 파악하고자 하는 것이 문학입니다. 마치 날으는 새의 일순일순을 포착하면서 그 새의 항로를 규명하듯이 말입니다. 물론 그것은 추상적인 것이며 통합적인 것이며 어떤 경우이든 새로움이며 창조인 것입니다.

문학은 문화의 새로운 방향을 모색합니다

여기서 우리는 정신적 바로미터, 시대정신을 천착해 보지 않을 수 없습니다. 양의 경우는 전적으로 수치에 관한 것이며 실물이 대상이었습니다. 아까 인류의 경우, 그 피라미드는 구조적인 것이 아니라 했지요? 그렇습니다. 현상으로서 형틀을 만들어본 것입니다. 오늘 이 시대는 과연 어떠한 시점에 와 있는가. 중간쯤일까 저변일까, 오늘과 같은 실물 시대, 정신주의가 말살되어 가는 시대는 피라미드의 어느 부위에 속하는 것일까? 나는 서슴없이 저변까지 와 있다고 말할 수 있습니다. 피라미드를 한번 거꾸로 해보십시오. 정점을 지상에 박고 저변을 하늘로 향하게 해보세요. 바로 그 형태는 경제적 수치만을 쫓아온 오늘의 모습이 아닌지요.

문화라는 정점에서 물을 흘려보내는 것이 아니라 문명으로 하여금 문화를 땅속으로 매몰하게 하고 있는 것이 오늘의 형국입니다. 차를 마시고 명동 거리를 거닐고 하는 사람을 문화인이라 칭한 것도 한참 전의 일이었지요. 바로 그것이 피라미드의 저변 현상이었습니다. 이제 무식한 귀신은 진언도 듣지 못한다는 지경에까지 온 성싶어요. 그러면 그 진언은 무엇인가. 바로 문화의 핵이지요. 종교계에서는 말세론이 나오고 요즘 웬만한 사람이면 위기의식에 사로잡혀 있는 것이 실정입니다. 문명은 도처에서 흉기화하여 맹위를 떨치고 있습니다. 무서운 가해자로 등장한 거지요. 지구는 사막화되고 생물은 썩은 물, 독성의 물을 마셔야 하며 산성비에 식물이 죽어가고 뚫린 오존층에서 내리쬐는 자외선에는 속수무책이며 날마다 좋은 지구에서 사라져가고 있습니다.

이미 뚜렷이 눈앞에 떠올라 있는 이 같은 상황을 새삼 강조하자는 것이 아니며 이미 여러분들도 귀에 못이 박이게 들어왔을 것이고, 오늘날과 같은 정보사회에서 그것을 모를 사람이 어디 있겠어요? 다만 나는 문화의 말기 현상으로서 그것을 거론하는 것입니다. 문화적으로 무너지는 데는 문화가 저변으로 내려앉은 것을 뜻하는 것입니다. 정교하게 연대되어 있는 삶의 형태가 파괴되고 있다는 것, 질서와 순환의 회랑이 얽히고 꼬여서 모든 생명의 생존이 어렵게 되었다는 것, 이것이 오늘 우리가 서 있는 자리라면 문학의 자리는 어디에 있어야 합니까. 그러나 우리는 이 비극을 절망으로 간주해서는 안 됩니다. 우리는 변화하는 것을 믿어야 하고 새로움을 믿어야 합니다. 무너지면 새로운 것이 솟아납니다. 이것은 역사의 법칙이며 새로운 창조, 분명 정점이 태동하고 있을 것입니다. 상투적인 것으로 여러분들은 받아들일지 모르지만 인류의 역사는 수없이 오늘과 같은 말기 현상에 조우했고 새로움으로 방향을 전환해 왔습니다.

하여간 문화 얘기며 공해에 관한 것, 번다한 문제로 서론을 시작했는대 표현의 조화하고 무슨 연관이 있는가, 여러분

문학을 사랑하는 젊은이들에게

들은 다소 의아한 생각이 들지 모르지만, 표현이란 문학에서는 하고자 하는 얘기를 드러내는 것이며 그 수단이 문장입니다. 느낌으로 말하면 표현이란 막연하지만 자리가 넓고 문장이라 하면 어느 정도 명확하지만 자리가 좁습니다. 명확하다는 것은 전달이 명확하다기보다 언어라는 기호 그 자체가 명확하다는 뜻입니다. 표현이 지닌 무한함을 언어는 어떻게 다 소화를 시키느냐, 불가능한 일이지요. 그렇다고 해서 어떤 규범 속에 갇혀 있어야만 해야겠어요? 벗어났다가는 돌아오고 자유로웠다가 매달려 보고 문제의 핵심을 찔러보기도 하고 그 주변을 맴돌아 보기도 하고 넓은 공간에서 어휘를 수렴해 보기도 하고……. 생각의 폭이 넓어지고 깊어지면 표현할 수 있는 폭도 자연히 넓어지며 풍부해지는 것입니다. 따라서 어휘의 구사도 비교적 수월해지는 것이지요. 넉넉한 옷감을 가져야만 옷도 뜻대로 지어 입을 수 있지 않겠어요? 흔히들 문장론을 공부하는데 구태여 표현으로 대치하고 강의를 진행하는 것은 그 같은 이유 때문이기도 하지만 표현이라는 것을 좁은 범위 속에서 생각하는 경향이 있기에 좀 깊이 분석해 볼 필요도 있는 것 같았습니다.

존재하고 있는 것은 표현하고 있는 것입니다

이 세상에 존재하는 것은 각기 나름대로 그 모두는 표현입니다. 구체적인 것은 모두 표현이지요. 현상도 표현입니다. 성난 파도가 방파제를 무너뜨리듯 달려와서는 치고 또 달려와서는 치고, 그것은 강한 바람이 분다는 표현입니다. 나무의 잔가지가 한순간 흔들렸다면 방금 나뭇가지에 앉아 있었던 새가 날아갔다는 표현입니다. 이 산에서 저 산까지 길게 무지개가 걸려 있다면 그것은 방금 비가 그쳤다는 표현입니다. 물론 파도 자체, 나뭇가지 자체, 무지개 자체가 일차적 표현이기도 하지만요. 언어나 문장은 그런 실재하는 것, 현상을 재표현하는 행위입니다. 그러나 이러한 경우 존재하는 모든 것이라 했지만 실은 가시적인 한계는 있습니다.

다시 말해서 우리가 볼 수 있어야만 그것이 표현임을 인식한다는 얘깁니다. 별이나 태양이나 구름, 밤하늘을 가르고 내리치는 벼락의 섬광, 그런 것은 모두 표현이 된 것이기에 언어라는 개념 속에 집어넣을 수 있었던 것입니다. 그러나 가시적인 것이라고는 하나 우리가 인식하고 있는 것은 삼라만상입니다. 그러고 보면, 문학의 연대적 공간이 그 얼마나 넓고 정교하며 잡다하고 복잡한가를 알 수 있을 것입니다. 물론 그것은 선별되고 취사선택하는 것이지만, 흔히 문장이 간결하다, 문장이 난삽하다, 그런 말을 듣기도 하고 내 자신 말하기

문학을 사랑하는 젊은이들에게

도 하는데 문장이란 의식되지 않는 것이 완벽하다 할 수 있겠습니다. 정경이 눈앞에 지나가고 모습들이 다가오며 상황을 감지하고 대화에서도 성격을 띤 목소리가 들려오고, 그러나 쉽지 않은 일입니다. 어떻게 보면 모순 같지만 빼어난 문장력이 그것을 또 가능하게 하지요. 우리 속담에 말 잘하는 사람을 두고 청산유수라 했습니다. 언제 들어도 참 완벽한 비유라는 생각을 하는데 우리나라같이 산천의 높고 낮음이 리드미컬했으니 망정이지 사막의 나라 또는 대평원의 국토에서는 그런 속담이 없을 뿐 아니라, 있다 하더라도 무의미했을 것입니다.

새로운 문장과 문체를 창조하십시오

6·25 전쟁을 겪고 서울로 환도한 후 어느 정도 사회가 정돈되었을 무렵, 여기저기 괜찮은 출판사에서 세계문학전집을 간행했습니다. 그 무렵은 젊은이들 특히 문학 수업을 하는 사람들에게 영향을 크게 미친 것 중의 하나가 헤밍웨이의 작품이 아니었나 싶어요. 내용보다 문체에 대한 유행의 바람이 불었던 것 같아요. 그러나 헤밍웨이의 간결한 문체의 모방은 오늘날 문장이 빈곤해진 데 상당한 원인이 되지 않았나. 가끔 생각하곤 합니다.

문학 수업 초기에는 남의 문체, 문장을 연구하는 것은 있을 수 있고 모방도 하게 되지만 그것은 어느 기간의 일이지, 남의 것은 결국 남의 것에 지나지 않는 것입니다. 주제나 내용 같은 것을 두고 심심치 않게 모방이다, 표절이다 하는 말들이 나돌고 시비가 되기도 했는데 문장이나 문체에 대해서는 비교적 관대하게 넘어가는 것은 아마도 그것이 하나의 수단으로 간주되는 때문인지……. 독특하다는 것은 창조를 뜻합니다. 독특하지 않을 때 그것은 일반적인 것으로 일반 속에 묻혀버리고 마는 법입니다. 삶의 원리나 원형은 보편적인 것으로 그것이 인생에 있어서 경사經絲 같은 것이라면 시간과 공간 (시간과 공간에 존재하는 그 모든 것은 다 같지 아니하다) 속에서 각각 다른 진행의 삶은 횡사橫絲와도 같은 것이어서 짜내는 피륙은 같을 수 없는 것입니다. 나와 더불어 삼라만상이 모두 다 그럴진대, 끊임없는 의식의 확대야말로 문학하는 사람이나 일반인들에게도 새로움을 발견하게 하는 것입니다.

존재가 지닌 내력의 역동성

그러나 우리가 인식하는 무궁무진한 사물은 그것이 무궁무진한 것임에도 찰나적이며 표피적인 것에 불과합니다. 그것들이 존재하고, 존재함으로써 표현되고 표현됨으로써 우리가 인식하게 되는 그것만으로 본질이 파악되지는 않습니다. 그 모든 것에는 그 나름의 내력이 있기 때문입니다. 과거와 현재, 미래가 있다는 뜻도 되고 그것들은 부단히 변화하고 운동한다는 뜻도 되는 것입니다.

눈앞에 책상이 하나 있다고 생각해 봅시다. 갈색 나무, 서랍이 두 개 달려 있습니다. 우리는 그것을 다만 책상으로 인식할 뿐입니다. 그리고 책상은 책상으로만 표현하고 있습니다. 그런데 책상의 내력이나 앞으로 책상이 어찌 될 것인가. 그것은 인식이 아니라 상상에 속하는 일입니다. 어느 깊은 산중에서 베인 나무 한 그루, 어떤 경로를 거쳐서 어느 목공의 손으로 넘어갔고 목공은 손님의 주문에 의해 책상을 만들었으며 책상은 공부방에 놓이게 됐다, 대충 상상할 수 있는 책상의 과거입니다. 그리고 책상은 시시각각 달라지는 시간 속에 존재하며 변화하는 상황 속에 놓여져 있는 것입니다. 들락거리는 사람들, 방에서 일어나는 사건을 목격하고, 그의 미래도 과거와 같이 상상해 볼 수 있습니다. 아이가 책상 모서리에 부딪쳐 머리가 깨졌고 병원에 가서 몇 바늘을 꿰맸다, 무거운 것과 부딪쳐 책상은 망가졌고 결국 아궁이 속에 던져져서 책상은 세상에서 사라졌다, 소위 이런 상상이 소설의 부분이 되는 것입니다.

몇 해 전의 일이었습니다. 손주를 따라 집에서 과히 멀지 않은 저수지에 간 일이 있었습니다. 과히 멀지 않은 곳이라고는 하나 처음 가보는 곳이었고 낚시질하려는 손주 때문에 가게 된 곳이었지요. 인근에는 인가가 없었습니다. 야트막한 숲에 둘러싸여, 둑을 쌓은 한 곳만 열려 있었습니다. 시퍼런 물빛으로 보아 수심은 상당히 깊은 것 같았고, 순간 나는 어떤 저항 같은 것을 느꼈습니다. 그리고 저수지 주변을 둘러보는데 섬뜩한 느낌이 들더군요. 이상한 기가 흐르는 것 같았습니다. 나는 마음속으로 생각했습니다. 추리소설의 살인현장으로 아주 안성맞춤이라고 생각했던 것입니다. 아닌 게 아니라 마침 나타난 마을 노인 말에 의하면 살인사건은 아니었지만 더러 사람이 빠져 죽었다는 것이었습니다. 농업용수를 공급하는 저수지라는 것, 형세가 이러저러하다는 것, 섬뜩한 느낌이 들었다는 것, 그것은 그 저수지의 표현이었고 나는 그 표현만큼 인식한 것입니다. 그러나 살인장소를 연상했다는 것은 저수지의 표현에서 유추된 상상이었던 것입니다. 그리고 저수지가 감추고 있던 내력은 더러 사람이 빠져 죽는다는 마을 사람 이야기에서 드러나게 되었던 것입니다.

자, 그러면 수없이 많고 많은 억조창생, 삼라만상, 그 엄청난 사물에 대한 우리의 인식, 그러나 그것은 극히 표면적이며 일차적인 것이었다는 것을 알게 됐을 것이며 사물의 과거나 미래를 상상해보고 또 누군가에 의해 내력이 밝혀졌을 때 그 일차적인 인식에 많은 부피가 쌓인 것을 깨달을 수 있습니다.

작가는 언어 없는 표현을 언어로 재표현합니다

이야기가 좀 달라집니다마는 표현 중에서도 아름다운 것을 한번 상기해 봅시다. 아름다움의 표현은 슬픔이나 기쁨의 표현만큼이나 허다한 것입니다. 살아 있는 것들의 기본적 표현이지요. 그러나 아름다움이 다른 점은 생명 없는 것에서도 표현이 된다는 점입니다. 첫째, 빛깔을 들 수 있고 모양을 들수 있으며 스스로는 움직이지 않는 것, 가령 청동의 녹빛이라든지 다이아몬드나 루비 같은 보석류, 수석의 모양이나 무늬 같은 것, 그런 것은 그 스스로 아름다움을 표현하고 있습니다. 그러나 그런 무생명에 대하여 슬프다거나 허전하다거나 무겁다거나 그것은 우리 자신의 느낌의 조화일 뿐, 던져서 돌아오는 메아리 같은 것이지 아름다운 보석은 아름다운 보석으로 조그마한 조약돌은 조약돌로만 표현이 되는 것입니다. 생명이라는 영성이 깃들 때만이 스스로 움직이며 그 움직임은 여러 가지 느낌을 표현하는 것입니다. 뭐니 뭐니 해도 영성이 깃든 생명의 표현만큼 아름다운 것은 없습니다. 그중에서도 모성의 표현은 가장 빛나는 부분이 아닌가 싶어요. 텔레비전 광고에서 본 것이지만 사막을 가는 코끼리의 어미와 새끼, 언덕에서는 코로 새끼의 엉덩이를 밀어 올려주고 평지에서는 마치 껴안듯 코로 새끼 등을 감싸며 걷던 그 표현은, 그 모성의 표현은 너무나 감동적인 것이었습니다. 날개가 찢어질 만큼 먹이를 구하여 새끼를 기르는 새라든지 죽은 새끼 곁에서 울부짖는 고양이라든지 그것은 모두 지극한 모성애의 표현입니다. 이밖에도 고통이나 공포, 절망 같은 표현에 대해서, 벌 한 마리가 있었는데 온몸이 진드기로 뒤덮여 다리로 그것을 비비고 있는 것을 화면에서 본 적이 있었습니다. 가슴이 찢어질 만큼 괴로웠던 표현이었습니다. 사자에게 쫓기는 어린 사슴이라든가 맹수들에게 목덜미를 물린 들소의 마지막 비명, 이상은 언어에 의한 표현은 아니었습니다. 존재함으로써, 다만 존재 그 자체로 표현되는 것, 움직임으로써 표현되는 것, 그 표현에서도 일차적인 것과 이차적인 것을 얘기했습니다.

다시 말해서 현시점과 과거, 미래를 포함한 그 부피에 감추어진 것들을 대략 말한 것 같은데 물론 이차적인 것은 상상에 속하는 것으로 상상하는 사람의 재표현이며 그 부분이 소설의 영역이라 했지요? 문제가 상당히 꼬여든 것 같아서 다시 예를 들어보겠습니다. 어떤 남루한 차림의 사내가 길을 걷습니다. 길을 가다가 어떤 집 앞에 이르러 걸음을 멈춥니다. 그리고 그 집 창문을 분노에 이글거리는 눈빛으로 바라봅니다. 이러한 언어 없는 표현은 영상적이지요. 이럴 경우 작가는 어휘를 동원하여 문장을 구성하며 재표현을 해야 합니다. 그 정경은 바탕이며 언어는 전달의 수단입니다. 한 소녀가 낙엽이 쌓인 공원길을 거닐면서 편지를 호주머니 속에서 꺼내어 읽

문학을 사랑하는 젊은이들에게

고는 미소 짓고 또 읽고는 미소 짓습니다. 역시 그것은 언어에 의하지 않는 표현입니다. 앞서 경우와 같이 작가가 재표현을 했을 때 비로소 표현은 언어로써 이루어지는 것이지요. 그리고 이 두 장면으로부터 표현된 것에서 유추하여 이글거리는 분노의 눈빛, 남루한 옷의 내력이 떠오르게 되고 편지와 미소의 내력도 유추하게 되는데 그것은 상상의 힘을 빌려야 하며 상상 그 자체는 진실도 사실도 아닌 것입니다.

존재하지 않는 것까지 인식하고 표현하는 것이 정신의 영역입니다

처음부터 그런 정경 자체를 상상 속에서 이룰 수 있고 언어에 의해 표현하기도 하며 소위 창작을 이룰 수 있게 되는 것입니다. 없는 부분을 있게 하는 표현, 그것에도 두 가지 부류가 있고 그 한 가지는 삼라만상 존재하며 표현되는 것의 전후 좌우에 대한 상상으로서의 표현이 있으며 전혀 존재하지 않는 것, 이것이야말로 언어나 문장을 빌리지 않고는 절대로 나타날 수 없는 것이지요. 언어가 위대하다는 것은 바로 그 점 때문이며 형상화의 능력은 오로지 언어뿐이기 때문에 언어의 오만을 우리는 수용하지 않으면 안 되지만 동시에 언어의 빈곤함, 도달할 수 없는 피안이라는 것도 우리는 인식하게 되는 것입니다. 존재하지 않는 것에 대한 표현, 그것은 바로 정신의 영역입니다. 보편적인 것으로 보이나 보편적일 수 없고 가장 정확한 데서 먼 개념의 정신적 영역, 실증의 방도는 아무 곳에도 없습니다. 어떤 과학의 힘으로도 분석, 해부할 수 없는 것, 이것을 들 수 있습니다. 현상이란 어쨌든 일순일지라도 모습을 드러내기는 합니다. 무지개 같은 것이 잠시 나타났다가 사라지기는 하나 그 현상은 우리 시각에 비쳐지는 것입니다.

그러나 상황은 그렇지가 못하지요. 모든 자료를 수집하여 유추하는 방법 이외 달리 없습니다. 그러나 이 상황이라는 것도 정신의 영역과 같이 언어로는 표현이 됩니다. 그야말로 언어의 독무대지요. 그러나 잊어서는 안 될 일이 제아무리 언어의 독무대라 한들 필경 그것은 정신의 시녀라는 점입니다. 그러나 또 반대로 나라는 정신 영역에서 상대라는 정신 영역에 도달하려면 이 언어라는 교량이 없이는 불가능합니다. 해서 사람들은 피안을 향해 한 치라도 나가야겠다는 집념에서 언어라는 배를 타지 않을 수가 없습니다.

세계의 불확실성, 그것이 창작의 동기를 줍니다

우리가 있는 공간에는 우리가 인식하는 것보다 상상할 수 없을 만큼의 가시 밖의 세상이 있습니다. 확실한 것보다 불확

문학을 사랑하는 젊은이들에게

실한 것이 상상할 수 없을 만큼 많고 많습니다. 어쩌면 확실하다는 그 자체가 착각일 수도 오해일 수도 있습니다. 우리가 언어의 배를 타고 도저히 당도할 수 없는 피안을 향해 노 젓기를 멈추지 않는 이유도 바로 가시 밖의 세상, 확실성에 도달하고자 하는 염원 때문이 아니겠어요? 그 염원 중에서도 치열한 것은 생명이 오게 된 곳, 생명이 가는 곳, 내세에 대한 열망일 것입니다. 그것이 바로 한이며 종교, 사상과 문학이 존재하는 것도 궁극적으로는 그것에 연유된 것이 아니겠습니까? 확실한 것은 없습니다. 근원적으로 확실한 것은 없습니다. 확실한 것을 향해서 그 확실한 것에 도달하였다면 종교와 철학, 사상과 문학도 종지부를 찍어야 할 것입니다. 또 확실한 것에 도달을 했다면 피라미드의 정점이나 저변이 있을 필요도 없겠지요. 한 피라미드가 사라지고 새로운 피라미드가 생기는 이 되풀이되는 역사나 문화의 까닭을 여러분들은 깊이 생각해야 할 것입니다. 항상 사람들이 저지르고 또 문학하는 사람들이 착각을 하는 것은 바로 그 확실성에 대한 믿음입니다. 제행무상의 불교사상을 허무주의로 도장 찍어버리기 때문입니다. 그래서 편견과 아집이 생기는 것입니다. 머무는 것은 없고 변하지 않는 것은 없습니다. 이것은 상상이 아니며 삼라만상의 실체인 것입니다. 어디 먼 나라에서 만들어놓은 틀을 가져다가 그것을 절대적으로 신봉하며 만사를 그 틀 속에다 끼우리 하는 망상도 요컨대 확실성을 믿기 때문이 아니겠어요? 우리가 믿을 수 있는 것은 같지 아니하고 변화하는 속을 열심히 걸어가는 것, 그것만이 우리의 삶의 진정한 모습인 것입니다. 뭔가를 절대적인 것으로 믿는 사람도 결코 외로움은 느끼지 않는다고 말할 수 없을 것입니다. 외로움이란 이쪽에서 저쪽으로 걸쳐주는 언어 그 자체가 지닌 불확실성 때문이 아닐까요? 그 불확실성을 극복하기 위해 우리는 오늘도 글을 쓰고 있는 것입니다. 극복하지 못하면 결코 포기할 수 없으니까요.

문화는 각기 고유한 것으로 세계화될 수 있는 것이 아닙니다

오늘 강의의 주제는 '무궁한 표현의 조화'였습니다. 문장의 조화라 해도 무방합니다만 하나는 실체였고 하나는 상상의 세계였습니다. 그것에 대한 설명을 하자면 다시 길어지는데 어떻습니까? 얼마큼 이해가 되요? 쉬운 것을 어렵게 말했다는 소리나 듣지 않을는지요.

문학을 하겠다는 학생은 물론 다른 길을 가려는 사람들도 자기 인생을 값지게 보내려면 멀리 먼 곳을 바라봐야 합니다. 좋은 작품을 쓰겠다고 결심한 학생들도 마찬가집니다. 멀면 멀수록 넓은 공간이 전개되고 다양하며 새로움이 충만해 있습니다. 가까우면 가까울수록 단순하며 새로움이 결핍되어 있습니다. 이것은 아주 역학적인 얘기예요. 그릇이 크면 많은 것이 담겨져 있고 그릇이 작으면 그만큼 빈약합니다. 혹 질량을 가지고 반박할지 모르겠는데 이 경우는 질과 양의 문제가 아닙니다. 역학적이다 하기는 했으나 어디까지나 이것은 의식에 한한 문제입니다. 어떻게 보면 물신이 지배하는 오늘날에 잠꼬대 같은 말 한다고 비웃을지 모르지만 서글픈 일이지요. 그리고 요즘 한창 유행인 국제화·세계화라는 그런 차원으로 오해해서도 안 됩니다. 말이 나온 김에 하는 얘긴데요. 이 허울 좋은 말들을 어떻게 감당해야 할까요? 전에도 말한 것으로 기억하는데 세계주의는 하나의 이상입니다. 세계뿐이겠어요? 우주가 통합된다면 얼마나 좋겠습니까? 농담이지만 우리가 염원하는 저승이 있을지도 모르지 않아요? 다만 문제는 세계주의의 허울 밑에 다른 것이 있다 그겁니다. 민족주의를 배타하는 사람이 사대주의일 수도 있고 세계주의를 배타하는 사람이 편협한 국수주의자일 수도 있는 거지요. 지금 다 내주고 국제화니 세계주의니 하고 떠들어대는 사람들의 속셈이야말로 세계 자체를 파국으로 몰아가는 세력 아니고 뭐겠어요? 오늘의 세계주의가 경제 일변도인 것은 눈먼 장님도 아는 일 아닙니까. 오늘의 경제는 어디다가 말뚝을 막고 있나요? 이익 추구입니다. 이익 추구는 그와 정비례하여 지구를 죽음의 길로 몰고 가는 것입니다. 세계주의가 진정으로 민족을, 집단을, 국가를 초월하여 인간과 인간이 손잡고 무릇 지구상에 있는 모든 생명을 존중한다면 그것이야말로 인류가 도달할 수 있는 최선의 길이겠지요. 연간 국민소득이 백 달러의 민족과 연간 국민소득이 2만 달러의 민족과 평등할 수 있다고 생각하는 것은 망상이 아니면 그것은 자기기만입니다. 불평등 속에서는 세계주의 따위는 있으나마나 결국 약육강식밖에 뭐가 더 있을 것이며, 분쟁의 도가니로 화할 것입니다. 진정한 세계주의란 물량이 아닌 의식의 문제이며, 경쟁원리가 아닌 화합원리가 세워져야 하는 것입니다.

정치에는 문외한이지만 문화계를 돌아봅시다. 사실 오늘의 현상을 선도했다 하더라도 과언이 아닌 지식 풍토를 도처에서 목격하게 되는 것입니다. 일찍이 이와 같은 사대주의가 과연 있었을까 싶으리만큼, 또 그것은 이미 관성화되어 남의 것을 차용하고 남의 것에만 의존하고, 해서 남의 것을 빼내버리면 아무것도 남는 것이 없는 허허벌판의 글도 왕왕 보게 됩니다. 남의 지식으로는 창조할 수 없고 그러한 지식인은 작가가 될 수 없는 것입니다. 삼라만상 억조창생 무궁무진한 생명의 표현, 존재의 표현, 나의 감성으로 받아들일 것이 그야말로 무궁무진한데 남의 나라에서 그 편린을 잡아본 사람의 것들을 가져다가 언제까지 재탕만 해야 하는 건가요? 그리고 어쩌면 그렇게도 남이 만들고 발견한 것을 그토록 집착하며 신봉해야 하는지요. 개체의 내면 이외 모든 것은 불확실의 선상에 있는 것입니다. 확실하다는 것은 늘 가정이며 방법론적인 것입니다. 만고의 진리는 없다. 그 말에 유의해야 할 것입니다.

　문화계가 일제강점기 이상으로 사대주의에 찌들어 있는 것은 사실입니다. 나는 외래문화를 거부하고 싶은 생각은 없습니다. 이미 많이 받아들이기도 했습니다. 다만 인류라는 차원에서 일본이다 미국이다 하여 특정한 국가에게 남대문에서부터 기는 시늉의 그 따위가 아닌 인류 차원에서 나누어보는 상호적인 것이어야지, 종속관계여서는 안 된다고 생각하며 각각 각 지방에서 고유한 체험이 축척된 것이 역사일진대 문화의 우열은 없고, 그와 같이 민족도 우열이 없고 다만 특색이 다른 것 아니겠습니까. 내가 심은 사과나무, 이 땅에 심어진 사과나무에는 사과가 열고 남의 땅에 심은 감귤나무에는 감귤이 연다. 물론 감귤나무를 들여와서 심을 수 있고 사과나무를 내줄 수도 있지요.

　옛날에 내가 본 광경 하나를 얘기하고 이 강의를 끝내겠어요. 그 얘기는 어디에다가 쓴 일도 있었는데, 해방되었을 때의 일이었습니다. 그 당시 통역관이라면 그야말로 최고로 인기 있는 직업이었지요. 미군을 앞세우고 통역이 지나가는데 그 미군도 하졸에 불과했지만 그때 광경으로는 상전이었습니다. 부드러우면서도 비굴한 웃음의 얼굴로 미군을 대하던 통역관나리, 내 민족에게 얼굴을 돌리는 순간 모멸의 표정이 얼굴 가득히 퍼졌습니다. 오늘의 지식인들 중에도 그와 같은 유형을 더러 보게 된다는 것은 참으로 한심스러운 일입니다.

내가 나를 공경하지 않으면 남도 나를 공경하지 않습니다. 이 경우 공경이란 인간 존엄성을 이르는 길입니다.

　학생 여러분, 버리지 않으면 안 될 경우 마지막까지 남겨두어야 하는 것은 인간의 존엄성이며, 생명에 대한 외경인 것을 잊지 마십시오. 그것을 잃지 않는 한 피라미드가 설 지구, 땅은 존재할 것입니다.

제7장

문학은 입체적 균형잡기이다
- 균형의 비정과 긴장

문학작품은 공산품이 아니다

요즘 문학, 특히 소설의 경우인데 공산품으로 간주하려는 일부 경향이 있는 것 같습니다. 냉전이 끝나고 다양화를 긍정적으로 보는 추세, 작가의 입장이나 주장이 각기 다른 만큼 왈가왈부할 성질이 아닌 것으로 생각은 하지만 인류 또는 생명이라는 공동체로서의 삶, 그 삶의 방식이나 터전이 위기에 처해 있다는 것을 감안한다면 한번 짚고 넘어갈 필요는 있을 성싶습니다. 행동에는 결과가 따르게 마련이며 또한 문학은 사람을 대상으로 하기 때문입니다. 소설을 공산품, 혹은 상품이라고 생각할 때 우리는 어렵잖게 자본주의 경제의 본질을 연상하게 되는 것입니다. 이미 문인들에게 그러한 조짐은 나타나 있고, 아니 상당 부분이 그런 흐름을 타고 있다 할 수 있겠는데 거기에는 무한 경쟁으로 치닫는 현상이 나타나게 됩니다. 판매고가 평가의 기준이 되며 문학성을 희석시키는 결과도 낳게 되고, 가전제품이나 자동차, 기타 생산품목과도 같이 외국 것이 우리 시장을 잠식하여 결국 매판자본으로 추락할지 모른다는 위기의식에 몰리기도 하는 것 같더군요. 정말 살벌하고 소름끼치는 일입니다.

　장사가 잘되는 소설을 써야 한다, 그러기 위해서는 질 좋은 것을 생산해야 한다. 바로 공산품에 들어맞는 얘깁니다. 그리고 그럴듯하기도 하구요. 그러나 팔아야 한다는 상인 근성과 문학정신은 아무래도 맞아떨어지지 않는군요. 용어를 바꾸어봅시다. 장사와 재미있는 소설, 결국 오락이군요. 맞아떨어집니다. 독자를 즐겁게 하는 것은 물론 좋은 일입니다. 그러나 오락이 소비성향을 띠고 있다는 것은 명심해야 할 것입니다. 바로 그 점이 상품으로 취급되는 연유이기도 하니까요. 하여간 오락을 위한 가지가지 종류 업종이 산업화되어 가는 오늘 같은 현실에서 그것이 상품으로 치부되는 한 자본주의 경제구조에서 소설이라고 예외일 수는 없지요. 경쟁(생산)·판매(이윤)·시장(소비), 상품의 유통과정이지만, 그것이 소설이라는 상품일 경우 전달의 과정이라고 강변할 수도 있고 별문제가 없을 것 같기도 합니다. 그러나 거대한 자본주의 톱니바퀴 속에서 함께 자본주의 방식으로 문학도 돌고 있어야만 하는 가. 그렇다면 문학의 존재 이유는 무엇인가. 그 의문은 문학 이냐 상품이냐 하는 것이 사실 그 자체에만 국한되어 있지 않기 때문입니다. 문학은 모든 생명의 삶, 삶의 터전 전반에 걸쳐져 있기 때문입니다. 소설에는 물론 오락적 요소가 있고 그것을 배제해서도 안 될 것입니다. 배제할 수도 없습니다. 삶 자체가 희열과 비애의 양면성을 가지고 있으니까요. 그리고 또 소설의 오락적 취향이 오늘에 비롯된 것도 아닙니다. 옛 날에도 머슴 방이나 할머니 방에서 언문을 깨친 사람을 구슬 러가며『조웅전』이나『숙영낭자전』같은 것을 밤 가는 줄 모 르고 읽히곤 했습니다.『천일야화』같은 것도 그렇지요. 시쳇 말로 스트레스 해소, 심심파적으로 사람들은 그것을 선호하 고 즐겼습니다. 꿈도 실어보고, 오늘과 같이 거창한 유통구조 도 없었던 호랑이 담배 피우던 시절, 그냥 소박한 풍경이 있 지요. 요즘도 그와 같이 소박한 독자들은 있을 것이며 교육의 평준화로 거의 문맹자가 없는 만큼, 증가했을 것을 상상할 수 있습니다. 이 엄청난 소비자(독자)는 홍수같이 쏟아지는 소위 상품을 선택하기는 매우 어렵습니다. 결국 광고로써 소비자 를 유도하는데 일반 상품과 별 차이가 없고 치열하게 경쟁하 는 것도 일반 상품과 마찬가집니다.

예술작품은 하나뿐인 것이며 동일한 것은 없습니다

그러면 상품은 무엇이냐, 대체로 그것은 복제품을 말하는 것입니다. 대량생산의 제품을 연상하기도 하구요. 왜냐하면 경쟁이라는 것은 양을 의미하니까요. 반대로 예술품이다 할 때는 그것은 하나뿐입니다. 결코 동일한 것은 없지요. 경쟁할 필요가 없습니다. 소설을 상품으로 규정한 이상 재미있다는 광고나 선전은 할 수 있겠지만 사실상 읽어야 할 책이라는 명분은 없어지는 것입니다. 그러나 명분보다 실리를 쫓는 편에서는 명분 그 자체까지 이용하는 것을 서슴지 않습니다. 언제였는지 독립선언문까지 광고용으로 버젓이 나와 있는 것을 본 적이 있습니다만, 참으로 장사에는 성역이 없더군요. 그리고 외국의 간행물의 시장 점령에 대하여 근심하는 문제도 그렇습니다. 모든 것을 상품으로 간주하고 둘에서 하나 빼면 하나 남는다는 식으로 수치에만 얽매이니까 그렇지, 시장을 점령당하여도 괜찮은 것이 있습니다. 공산품 아닌 진실된 것, 그것은 러시아에서 날아왔건 지구 끝 어느 고장에서 찾아왔던 간에 점령을 당하는 편이 좋은 거 아니겠어요? 그것은 인류의 자산으로 소비되는 것이 아닌 존재하는 것, 마땅히 공유해야 할, 화폐로는 계산될 수 없는 것. 그런 것을 두고 무역역조를 생각하는 것은 자본주의 경제의 시각으로 우리 문화의 옹호나 보다 극단적으로는 민족주의를 거론할 계제는 못 되는 것입니다.

다만 경제, 다만 이윤 추구, 그럴 때 외국 간행물만이 과연 경쟁의 대상이겠습니까? 재미있는, 오락이 목적이며 소설이라는 의상을 입힌 것, 차이는 그 의상인데 내용에 있어서는 동일한 것은 부지기수, 얼마든지 화려하게 구색도 가지가집니다. 그것은 모두가 경쟁의 대상입니다. 그만큼 거창해졌다는 얘기도 되겠고 트러스트도 가능하며 꿈꾸어볼 수 있고…… 피장파장이라는 얘기도 되겠네요. 하니, 주판을 놓는, 아니 계산기를 두드리는 것으로 족할 일이지 사명감을 내세울 것도 없고, 출사표라도 내어놓듯 비장하게 논의하는 것을 나는 도저히 이해할 수가 없습니다. 사실 상품이다 예술이다. 통속이다 순수이다, 그런 것보다 훨씬 절실한 것은 우리가 존재해야 하는 것, 존재할 수 있는 터전입니다. 균형을 깨는 것은 존재를 불가능하게 하고 터전을 잃게 하는 일이며 자본주의는 그 종말을 재촉하고 있는 것입니다. 자본주의 경제형태로서 작품이 상품이 되는 것에 논란을 제기하는 것도 바로 생존에 직결되는 일이기 때문입니다.

소설의 본질은 무엇입니까

각설하고 그러면 우리 반문해 봅시다. 소설의 본질은 무엇인가. 상품의 기능을 촉진하는 오락성, 그것이 소설의 본질인가. 아무도 그렇다 하고 말할 사람은 아마도 없을 것입니다. 경제가 수치적인 것이며, 철학이 합리적인 논리, 종교는 볼 수 없는 미래를 향한 희망, 문학은 무엇일까요? 문학은 삶 자체, 알 수 없는 생명이 삶이라는 현장에 나타났다가 알 수 없는 삶을 겪으며 사라지는 바로 그 과정의 탐구가 아닐까요? 삶 자체에 깊이 칼질하여 뭔가를 도려내려는 행위인 것입니다. 한계 없는 무한한 것을 더듬으며 잡히는 것이 삶을 어떻게 저해하며 또 어떻게 삶을 부추기는 것인가. 삶을 떠난 문학은 존재할 수가 없습니다. 희로애락은 각기 삶 속에 엮어지는 부분일 것이며 소설에서는 명암이며 빛깔이며 음향, 종합속에 묻어들어 가는 것으로 생각합니다.

자본주의는 낙원입니까

내가 염려하고, 또 단연코 말하지 않을 수 없는 것은 상품도 좋고 오락도 필요하며 또 그런 입장에서 글을 쓰는 사람도 있을 수 있으나 그것이 틀이 되고 본이 되어서는 큰일 난다는 것입니다. 그러면 경이로운 오늘의 문명을 출현시킨 물질만능의 자본주의가 오늘 우리를 어떻게 파괴하고 있는가를 얘기해 봅시다.

첫째, 경쟁이란 전쟁과도 같은 것입니다. 나 이외는 적이며 최후의 한 사람까지 용납할 수 없는 것이 경쟁의 속성입니다. 사회 전체가, 세계가 경쟁으로 들끓어서 이룩한 일도 많았지만 그 이룩한 것은 새로운 폐단을 초래하고 경쟁은 다시 상승하고, 도시 어디로 가고 있는 것이지요? 이러는 동안 그 얼마나 사람들은 황폐해졌는가. 하늘 아래 머리 둔 사람은 다 아는 일입니다. 어느 학생이 "대인관계는 지뢰밭이다" 하고 내게 말한 적이 있었습니다. 오늘날 인간관계를 그야말로 절묘하게 표현한 것이었습니다. 이것이 과연 우리가 바라던 살기 좋은 세상인가요? 고독에서 벗어나려는 인간의 원초적 소망에 부합되는 세상인가요? 교육은 어떻습니까? 네가 없어져야 내가 산다, 이 무시무시한 경쟁의 원리 속에서 허우적거리고 있는 우리 자식들을 보십시오. 그것을 독려하고 있는 가엾은 부모의 모습을 생각해 보세요. 다만 내가 여러분 학생들에게 기대하고 희망을 거는 것은 자정능력과 반동뿐입니다.

둘째, 이윤(판매)에 대하여. 이것을 설명하자면 분배 문제도 나오게 되는데 경제에는 문외한인데다 내 나름대로의 얘기를 한다 해도 골치 아픈 일이니 요점만 얘기하겠어요. 아니 요점이기보다 일부만 얘기하겠어요. 첫째는 순환이 막힙니다. 균형이 깨어진다 할 수도 있겠어요. 인체에다 비유하면 영양실조로 심장이라는 모터를 돌릴 수 없게 될 때 사람은 죽습니다. 반대로 영양이 과다하여 그것이 신체 어느 부위에 쌓이게 되어 순환을 막으면 소위 요즘 흔히 말하는 성인병으로 사람은 또 죽게 되는 것입니다. 어디 인체뿐이겠습니까? 우주 지구 미물에까지, 생명이 있고 없고 간에 나타나는 현상은 동일한 것입니다. 심지어 행위, 심리 상태에까지 그것은 적용되는 것이며 너무나도 엄격한 역학적인 것이지요. 가령, 이것은 심리 상태의 얘긴데요. 자신의 처지가 보잘것없다 해서 비굴하게 굽히는 사람, 그에게 뜻하지 않은 권력이나 뭐 그런것이 주어지면 뒤로 나자빠지게 됩니다. 반대로 권력의 자리에서 나자빠지듯 오만했던 사람이 어느날 갑자기 그것을 잃었을 때 허리는 저절로 앞으로 굽어집니다. 양자 모두가 균형을 잃었기 때문에 심리 변화가 그렇게 나타나는 거지요. 우리 주변에서 흔히 보는 일입니다. 강자의 논리에는 약육강식이라는 색 바랜 것이 있습니다. 자연의 법칙으로써 합리화하려는 것이지요. 그러나 그것은 너무 뻔뻔스러운 말입니다. 강자와 약자가 있는 것이 아니라 실은 생존이 있을 뿐이니까요. 약자를 잡아먹는 것이 아닙니다. 다만 먹이를 취할 뿐이지요. 생태계의 모든 생물은 필요한 만큼 취합니다. 약자를 잡아먹는 것은 오로지 인간뿐이지요. 불필요한 것을 쌓아놓는 것도, 평생 동안 먹고 쓰고 남는 천문학적 재화를 쌓는 것도 인간만의 행위인 것입니다. 약육강식, 배부른 사람들에게는 지나친 겸손, 체념인 것 같기도 하군요.

  그러면 세 번째, 시장(소비)인데, 여러분 맨 먼저 떠올려보

156   문학을 사랑하는 젊은이들에게

세요. 그게 뭘까요? 쓰레깁니다. 산천은 마치 벌집 쑤셔놓은 듯 쓰레기가 땅에 묻혀 있고 쓰레기 때문에 강물이 썩어서 마실 수 없게 되었습니다. 이러고도 우리는 풍요로운 시절을 인간답게 건강하게 살고 있다. 그렇게 말할 수 있겠습니까? 지금 지구상의, 그야말로 풍요롭고 다채로웠던 그 숱한 식물과 동물은 멸종되어 가고 있습니다. 하늘에서는 새들이 죽어가고 있으며 바다에서 강에서 고기들이 죽어가고, 새까맣게 기름을 뒤집어쓰고 울부짖는 바다새의 그 폐부를 찌르는 듯한 울음, 여러분들도 기억하고 있을 거예요. 식물의 그 귀여운 촉매꾼 나비도 요즘에는 좀처럼 볼 수 없게 되었습니다. 인간이 꿈꾸어 오던 낙원은 어디 있습니까.

지금 예술가들은 꿈꾸지 않게 되었는지 모릅니다. 바람 부는 거리, 좌판에다 자신이 쓴 책을 펴놓고 손님을 기다리며 세월아 네월아 가려거든 가려무나, 그러는 편이 얼마나 낭만적인지 모릅니다. 작가의 머릿속에서는 인쇄기가 돌아가고 있을 테니 말입니다. 상품·공산품을 찍어내는 차가운 소리, 도시 이 지구는 얼마 동안이나 지탱이 될는지요. 인간이 광물질로 변하는 터무니없는 상상을 해보기도 하고, 꽃도 새도 나무 한 그루, 생명이라곤 찾아볼 수 없는 땅끝까지의 길을 눈앞에 떠올려보기도 합니다. 저승길이 아마 그러리라는. 그러나 여러분 우리는 믿어봅시다. 역사는 얼마나 많은 궤도 수정을 하며 여기까지 왔는가를 상기하면서 산천이, 인성이 이 황폐에서 치유될 것을 믿어보는 거예요.

자연은 비정한 균형입니다

자연과 지구와 우주는 그것이 움직이는 것이기 때문에 생명이라고들 하기도 합니다. 그러면 자연과 지구와 우주에는 의지가 있다고 여러분들은 생각합니까? 이 물음은 신이 있느냐고 묻는 말과 거의 같습니다. 또 이것은 인간의 영원한 물음일 것이며, 있다고 하는 사람 없다고 하는 사람, 각색이겠으나 확실한 것은 모르겠다는 결론일 것입니다.

다음은 자연이나 지구, 우주는 생명의 모체로서 자비로운 품속인가. 여러분 어떻게 생각하세요? 아니면 그 숱한 생명을 내주기도 하고 걷어들이기도 하는 변덕쟁이인지, 때때로 진노하여 재앙을 안겨주는 피도 눈물도 없는 절대자인지, 자연에 도전한다는 말이 있는가 하면 자연에 귀의한다는 말도 있는 것을 보면 이 역시 견해는 각각인 모양입니다.

언제였는지 아기 사슴을 찢어발기는 사자 곁, 멀지 않은 곳에 어미 사슴이 우두커니 서 있는 화면을 본 적이 있었습니다. 늘상 있는 생태계의 사건인데 그때 나는 자연이란 어리광부릴 품속도 아니거니와 절대자로 두려워할 필요도 없으며 다만 자연은 비정한 균형이다, 균형으로 긴장되어 있다는 생각을 했던 것입니다. 질서라 할 수도 있겠지만 왠지 형식적인 것 같았고 조화라 하기에는 느슨한 느낌이 들었습니다. 균형의 비정, 긴장한 균형, 그것은 한 치의 오차도 없는 시간과 공간과는 다르게, 다른 의미로서 한 치의 오차도 없는 균형이 치열성으로 내게 다가오는 듯했습니다. 비정의 객관과 긴장의 주관적인 것, 그것은 나 아닌 타자와 내 자신이라는 묘한 함수관계를 생각했던 것입니다. 이 세상에는 아마 균형이라는 지렛대 없이 존재하는 것은 아무것도 없을 것입니다. 균형을 잃었을 때 모든 것은 무너지게 되어 있습니다. 앞에서도 말했지만 우주 지구 미물에까지, 생명이 있고 없고 간에, 심지어 행위나 심리 상태까지, 만일 바위가 놓일 자리하고 균형이 잡히지 않는다면 바위는 끝없이 굴러갈 것입니다. 지구가 원심력과 구심력에 의해 균형이 잡히지 않았다면 우주공간에 떠 있겠습니까? 새도 날 수 없고 비행기도 뜨지 못할 것입니다. 학교 건물도 치열한 균형에 의해 서 있지만 어느 한 곳에서 오차가 난다면 무너질 것입니다. 학생이 그곳 책상에 앉아 있고 또 설 수도 있고 행동할 수 있는 것 역시 균형에 의한 것이 아닐까요? 날파리나 진딧물도 생존을 위해 완벽합니다.

여기 놓인 의자도 그중 다리 하나가 짧다면 우리는 그 의자에 앉을 수가 없습니다. 생명의 개체 하나하나가 그 얼마나 균형으로 긴장되어 있는가를 깨달을 때 우리는 그 치열함을 가슴 깊이 느끼게 되는 것이며 자연의 균형이 그 얼마나 비정한가를 깨달을 때 완벽한 거리감에서 구원이 없는 존재 자체만을 인식하게 되는 것입니다. 나를 싸고 있는 그것이 아름답거나 그렇지 못하거나, 또는 온화하거나 혹독하거나 어떠한 형태로든 냉엄하다는 것, 그 자체가 어쩌면 자연의 의지이며 치열성인지 모르겠습니다. 진실인지 모르겠습니다. 일시적으로 감지하거나 혹은 착각일 수도 있으며 몽상일 수도 있는 낭만적인 것, 문학도 인생도 그런 시각에서 보는 경우는 많습니다. 그러나 자연은 동의가 없고 균형으로서 존재하는 다만 그 존재가 있을 뿐입니다. 제아무리 논리적으로 접근하려 해도 그 역시 적당한 곳에서 매듭지을 수밖에 없지요. 해서 역사는 새로움인 동시 반복이었고 사상이나 이념도 새로움인 동시 반복이었습니다. 나는 가끔 생각해 봅니다. 금세기도 그와 같이 새로움이며 반복의 역사였는가를, 금세기의 사상이나 이념도 새로움인 동시 반복인가를. 그리고 또 많이 취하였기에 많이 지불하게 된 것인가를 자문해 보기도 하는 것입니다.

자연의 자원은 무한한 것이 아닙니다

금세기는 자원의 무진장을 믿었고 물질에 활성을 불어넣는 동시 물질의 사물화가 극대화되었던 세기였다고 생각합니다. 그 물질을 자연으로 보았기 때문에 자연을 변화시키고

문학을 사랑하는 젊은이들에게

활성화했으며 동시에 자연을 파괴하고 살해하기도 했습니다. 착각하고 몽상하던 사람들이, 접근하려고 맴돌던 사람들이 정복자가 사원을 유린하듯 과학이라는 무기를 들고 난공불락이었던 존재를 치고 부수고, 동의하지 않았던 것에 보복이라도 하듯, 오냐 좋다, 이제는 네가 인간에게 동의를 구하라 하는 식으로 말입니다. 여기서 머리에 떠오르는 것은 인공수정이다 복제인간이다 하는 용어들인 것입니다. 유전공학같은 용어입니다. 무진장으로 본 자연의 자원과 마찬가지로 인간 능력의 무한을 믿은 것입니다. 그러나 자연의 자원은 무진장도 아니었으며 인간의 능력도 결국은 생명의 신비를 캐내지 못했습니다. 다만 오늘은 철없는 아이가 장난감을 해체하듯 지구를 해체해 놓고, 그러고도 재조립은 엄두도 내지 못한 채, 날이면 날마다 개발과 생산과 장사만을 목이 터져라 외쳐대고 있는 것입니다. 균형을 날이면 날마다 깨고 있는 것입니다.

영원한 진리는 없다고 했습니다. 그것은 끝없는 변화(운동)이며 새로움이기 때문에, 금세기의 우상이었던 공산주의가 거지반 종말을 고하고 있습니다. 자본주의도 이제는 늙고 병들었습니다. 단말마의 분주함, 꿰맞추기, 뚜껑 덮어두기, 모르는 척 지나치기. 그러나 한술 더 뜨는 축이 훨씬 많지요. 쓰레기더미 속에서 미래를 구가하며 잘산다고 뽐내는 족속들 말입니다. 사람들의 생명들의 입지는 날로 좁아만 가는데, 작가

조차 상품이라는 출사표를 내던지고 용감하게 자본주의 대열로 뛰어든 이 비극, 아니 희극을 뭐라 말하며 풀어보아야 할지 암담합니다. 어떤 일하는 아주머니에게 세제를 쓰지 말라 했더니 "죽는 날에 죽더라도 불편한 짓은 못 하겠다" 하고 솔직하나 가증스럽게 말하더군요. 그러나 지식인들은 그렇게는 말하지 않습니다. 자신의 욕망을 사명감으로 거룩하게 포장하는 것이 그들의 습성인 것 같아요. 더러의 지성은 "흥분한다고 문제가 해결되나? 그래도 내일 해는 뜬다" 하고 냉정하게 혹은 익살스럽게 문제를 물리칩니다. 소위 처세가들이지요.

쇠붙이가 쌓인 거리에 비치는 달, 뙤약볕 사막으로 가는 길, 한번 밀어붙이면 뿌리째 뽑혀나가는 나무의 비명소리, 태곳적부터 살아왔을 억조 생명이 일시에 참살당하는 갯벌의 매립공사, 끝도 없는 학살의 땅, 학살의 시대, 이 현실의 벌판에서 비로소 자연의 그 비정한 균형은 깊이 모를 크나큰 의지와 자애였음을 깨닫게 되는 것입니다. 풀잎들의 벌레들의 통곡소리도 들려오는 듯합니다.

소설에서의 균형이 갖는 긴장은 생명입니다

소설에서의 균형 문제, 그것에 관하여 잠시 얘기하고 넘어가겠습니다. 균형은 존재하게 하는 것이며 균형이 갖는 긴장이 생명이다, 그 얘기는 이미 했는데 다시 재론하는 이유는 소설이 갖는 추상적 성격 탓입니다. 실재하지 않는 것을 작가는 추상적으로 창조하는 그 과정을 거치면서 기법상의 문제라든가 구조적인 면을 한번 점검할 필요가 있어요. 여러분들에게는 실질적인 일이기도 하고. 학생들은 글을 쓴다, 이야기를 엮는다 하고 창작 행위를 표현합니다. 대개가 또 그렇게들 말합니다. 그러나 균형을 생각할 때 쓴다거나 엮는다는 말보다 짓는다 혹은 건축한다는 말이 더 적합한 것 같은 생각이 들어요. 이건 순전히 내 심리적 문제지만요.

균형이란 어쨌거나 입체적인 것으로 보아야 하며 존재 자체가 입체적인 것이기 때문이지요. 설사 그것이 평면 위에 깔려 있다 해도 내용 면에서는 입체적이며 움직이는 것이 대상이기 때문입니다. 평면이라 하는 것은 어떤 의미에서는 추상적인 것과 상통한다는 느낌이 있습니다. 하여간 평면이든 추상이든 간에 사물은 끊임없이 변화하고 새로움으로 시각時刻을 거쳐나가니까 그 실체는 생명이든 생명이 깃들지 않았다 하더라도 예술상으로는 새로움은 생명으로 간주해야 하는 것입니다. 흔하게 예술가는 생명을 불어넣는다는 그런 말을 하지요. 생명을 불어넣는다는 것은 균형의 바로 그 긴장을 의미하는 것입니다.

백자항아리를 예로 들어보면 좀 알기가 쉽겠네요. 그 항아

163

리의 휘어진 선을 생각해 보세요. 과연 그 선은 무엇일까요? 그 휘는 선이 없다면 백자항아리는 탄생했겠습니까? 면이라 해도 안 될 것은 없지만 엄격하게는 선입니다. 그 선이 휘는 데 극도로 긴장했을 때, 긴장할 수 있는 한도까지 선이 긴장했을 때 우리는 생명의 탄생을 볼 수 있습니다. 살아 있다고 생각하는 것이지요. 흔히 말하지 않습니까? 선이 살아 있다. 무심한 사람들도 곧잘 그렇게들 표현을 합니다. 가을 하늘가에 둥실 떠 있는 전각의 용마루를 떠올려보세요. 일본의 고건물이나, 중국에 가서도 보았지만 우리나라 고건물의 용마루나 날개같이 쳐들린 처마 끝은 정말 아름답습니다. 선이 가지는 어떤 극치감을 느끼게 하지요. 그 선은 긴장에 따라서 균형이 잡혔다 안 잡혔다 하고 말합니다. 그리고 살아 있다는 것은 무엇입니까? 견고하다는 것이며 견고하다는 것은 아름답다는 것입니다. 견고함이야말로 균형이지요. 이상은 실물에 관한 얘기지만 소설이라고 다른 것이 없습니다. 추상적이지만 견고함을 요하는 데는 다를 것이 없습니다. 그리고 그것은 긴장된 무수한 선線, 언어라 할 수도 있겠고 세포라 할 수도 있는데, 그런 것으로 쌓아 올려지는 것이지요.

문학을 사랑하는 젊은이들에게

소설 작품은 하나의 소우주입니다

한데 몇 가지 용어가 나왔지요? 균형·긴장·선·견고함·아름다움, 그리고 살아 있다. 어떻습니까? 눈을 감고 그 용어를 한번 배열해 보세요? 상충되는 게 있어요? 아니지요? 배열을 바꾸어 보아도 별 저항은 없을 겁니다. 그리고 또 말하고 싶은 것은 작품 하나의 세계를 우주라 생각해 보는 게 어떨까 하는 거예요.

언젠가 말한 것 같은데 쥐벼룩이나 대붕, 너무 커서 상대를 못 보고 너무 작아서 상대를 못 보는 이들, 그러나 생명인 한에 있어서는 평등하다는 말을 했던 것 같은데, 물론 대붕은 하루에 9만 리를 난다는 전설의 새지만, 생명인 한 평등하다는 얘기는 그 구조나 순환이 동일하다는 뜻에서 한 말입니다. 그러니까 생명이라는 소우주가, 마치 저 밤하늘에 떠 있는 수많은 혹성과도 같이 소설이라는 공간, 소설 세계에 떠 있다고 상상해 보세요. 좀 황당한가요? 너무 공상적인가요? 하지만 황당하고 공상적인 것은 그리 나쁜 것 아닙니다. 그건 사방에 출구가 있고 모험과 발견의 가능성도 있고 말예요. 확정이나 고정된 것보다 훨씬 좋은 거랍니다. 끝없는 공상, 상식을 뛰어넘는 모험성, 얼핏 보기에는 미숙할 만큼 엉뚱한 사고의 세계, 그런 것은 모두 창작할 수 있는 가능성이니까요. 상식적이며 명쾌한 사고력을 가진 수재보다 적성은 전자에게 있습니다.

그건 그렇고 내가 왜 우주 얘기를 꺼내었을까요? 그것은 우주 만물의 진행과정이 동일할 것이라는 생각 때문입니다. 극대한으로 확대되어도 극소한으로 축소되어도 결국 동일할 것이라는 생각 때문입니다. 소위 공상적이며 황당하다는 핀잔을 받을지 모르는 얘기는 그쯤하고 실질적인 소설 속의 균형에 관한 얘길 합시다.

한 작품이 있습니다. 이 작품에는 대학교수가 등장합니다. 우선 대학교수라는 전형을 집중적으로 설정해 보아야겠지요. 물론 작가의 취향이 말이 작용할 것이고 또 생략해 버리는 부분도 있을 수 있습니다. 그 교수의 성격·사건·처지를 기둥으로 삼을 때 성격의 기둥을 받쳐주기 위하여 용모·기호·취미·체격·주변 상황, 그런 고임돌이 필요한 것입니다. 말하자면 성격의 균형을 잡아주기 위해서지요. 예로 들기는 했지만 이 균형 잡기는 굉장히 복잡하고도 치밀해야 하는 것입니다.

철저한 계산으로 짜낸 건축물이어야 균형의 긴장을 줍니다

광범위하게 잡아보니까 설명이 성글어지고 설명할 시간도 많지 않은 것 같아서 더 축소하여, 아니 한 단면만을 잡아서 설명하겠어요. 대학교수의 서재 풍경입니다. 이곳에서 그 사람의 성격을 잡아봅시다.

첫째, 그는 무엇이 전공이냐, 연구를 하는 교수나 아니면 얼렁뚱땅 넘어가는 처세적 인물인가. 이럴 때 흐트러진 책상, 책 등에서 그 성격에 균형을 잡아주는 것을 골라내어야 합니다. 그러나 그것은 대별적인 것으로 만일 책상 위에 황색 잡지를 놓아둔다면 그 황색 잡지는 성격이라는 기둥에 음탕한 인물로서 그 잡지는 그 인품의 고임돌 역할을 하게 됩니다. 그러나 그 같은 저질의 잡지와 함께 성경이나 뭐 그런 거룩한 것이 또 놓여 있다면 이 인물의 이중성, 그 이중성에다 균형을 잡아주기 위해 다시 세세하고 면밀한 소도구가 필요하기도 하고 설명이 필요하기도 하고 동작이 필요할 때도 있는 것입니다. 또 교수 방에는 꽃병이 있습니다. 촌스럽고 저속해 뵈는 꽃병에 꽃은 묶은 채 그냥 꽃병에 찔러놓은 상태입니다. 이 경우에도 취미가 좋지 않다, 만사에 무관심하다, 두 가지의 시각이 있는데 그중 어느 한편을 선택했다면 그 한편을 위해 작가는 균형을 잡아주기 위해 또 면밀하게 고임돌을 고이고 성격을 바로 서게 해야 합니다.

만일 그런 작업을 거치지 않는다면 모호해지고 혼란스럽고 균형이 깨어지는 거예요. 수수께끼 같은 일에 대해서도 그 수수께끼 같은 일을 강하게 떠올리기 위해서는 역시 철저한 계산에 의해 틈새를 메워주어야 하지요. 그것은 밑바닥을 넓게 잡아서 튼튼하게 받쳐주는 작업, 말하자면 천천히 넓은 범위에서 압축해 가는 방법과 쇠기둥을 세워서 가파르게 직립시키는 방법도 있습니다. 그것은 강렬한 생략법을 사용합니다. 그러니까 어떤 경우에도, 가령 한 구절에서 한 장면 그리고 전체에 이르기까지 소설이 무너지지 않으려면, 파탄하지 않으려면 긴장된 균형은 지속적으로 뒷면에서는 늘 숨 가쁘게 그것을 떠받쳐 주어야 하는 것입니다.

실은 이 균형의 부분은 소설에 있어서 연쇄적인 것일 수도 있고 직선적인 것일 수도 있고, 또 연쇄적인 것을 위한 직선적인 것, 직선적인 것을 위한 연쇄적인 것, 건축인가 하면 피륙같이 짜내려 가는 것이기도 하구요. 이것에 대하여 많은 설명이 필요하지만 그럴 시간이 없으니까 다음 기회로 미루기로 하고 이 정도 코끼리 등 만지는 격으로 끝내겠는데 이것은 이렇고 저것은 저렇다는 기계적 설명은 별로 효험이 있을 것 같지도 않습니다. 결국 균형감각입니다. 균형감각이 빼어난 사람은 선천적으로 좋은 작품을 쓸 수가 있습니다. 이 말은 듣기에 따라 매우 실망스러운 것인지도 모르겠네요. 다만 기억하려 하지 마십시오. 그러면 사고는 굳어지고 맙니다. 자유롭게 뭣이 있을지도 없을지도 모르는 황야나 허공에다 영혼을 풀어놓으세요. 아 이것도 듣기에 따라서 실망스러운 말인지 모르겠습니다. 대한민국의 교육제도에서 간신히 기어나온 여러분들이고 보면.

그러나 용기 있는 모험가가 여기 이곳에 몇 사람 있을 것으로 믿습니다.

제8장

문학은 정체된 가치관을 극복한다
- 언어의 선택과 근사치

정체된 이론은 극복 대상입니다

어떤 외국인이, 당신은 듣기에 문학이론을 무시한다 하던데요? 하고 나에게 말한 적이 있었습니다. 그때 나는 무시한다는 것에는 어폐가 있고, 결코 그렇지 않다, 다만 이론이란 부단히 깨어지는 것 아니겠는가, 그것은 하나의 틀로서 사람들은 틀로부터 빠져나가고자 하는 속성을 지니고 있는 성싶다, 하며 대답했던 것입니다. 그러면 깨는 것과 무시한다는 것에는 어떤 차이점이 있을까요? 얼핏 생각하기에 피장파장이라 할 수도 있을 것 같아요. 그러나 그것은 엄연히 그렇지가 않습니다. 깬다는 것은 기존의 것에 대한 불만과 새로움에 대한 갈구가 있기 때문이며 틀에서 빠져나가고자 하는 속성 역시 자유로워지려는 충동인 동시 그 틀이 완벽하지 못하여 부딪치게 되고 한계를 느끼는 까닭이겠습니다. 또한 문학의 대상인 삶 자체도 그렇습니다. 항상 온전치 못하고 고통스러운 것, 모순에 가득 차 있으며, 생명의 터전은 여전히 각박하고 상황은 난감하며 절대 진리에의 길은 요원한 피안입니다. 깬다는 것은 궁극적으로는 영원한 것, 영원한 진리에 접근하고자 하는 모색입니다. 당면한 우리의 현실과 생존을 위한 문제, 그러한 것으로 범위를 좁혀보더라도 여러 가지 상황이 기존의 이념이나 이론으로는 돌파가 불가능할 때 그 틀은 깰 수밖에 없고 새로운 근거를 찾아야 하는 것입니다. 그것은 생사 유전 같은 것이며 문학에서도 새로운 이론은 길잡이가 될 수 있고 작가는 그의 체험에서 이론을 창출해 낼 수도 있는 것입니다.

그러나 문학은 기술적인 이론보다 삶의 본질을 파악하는 것이 중요하며 따라서 시대정신, 시대를 이끌어가는 사상, 정치 이념 등을 작가는 간과할 수 없습니다. 역사의 흐름도 물론 그렇습니다. 경험의 축적이 빚어낸 그것, 이론에 의해 진행되어 온 것은 사실입니다. 여기서 유의해야 할 것은 진행이라는 말입니다. 왜냐하면 깨야 하는 직접적인 이유가 바로 거기에 있기 때문이지요. 어떠한 경우에도 이론이란 만들어진 그

순간부터 정체상태로 들어가는 것이며 진행은 그 반대의 개념입니다. 진행이란 말할 것도 없이 시간이며 시간은 공간과 사물과 상황, 생명과 삶이 있기 때문에 인식되는 것이지만 그와 같은 추상적인 시간과는 다르게 구체적인 것을 함축하는 진행이란 공간에서 연출되는 모든 것의 표현이라고나 할까요? 그것은 부단히 움직이고 변화하는 과정을 의미하는 것입니다. 그 과정은 엄청나게 복잡하고 다양하며 어떠한 미물도 모두가 각기 독자성을 띠고 있어서 일촉일발 일순일각이 같지 않으며 그들의 진로나 움직임·내용·모습들이 천태만상, 동일한 것은 없습니다. 어떠한 힘, 어떠한 권능으로 이 만화경 같은 세상을 창출해 내었을까요? 모래알 하나도 같지 아니하고, 그리고 그것들은 끊임없이 변모하며, 아침 이슬을 머금은 꽃과 저녁 노을을 받은 꽃은 그 자태가 같지 아니하고 일순일순 시간을 타면서 가냘픈 생명이 잦아지는 것을 더러 느껴본 사람들도 있을 것입니다. 눈에 익은 강의실, 오르내리는 은행나무의 길, 내 집, 내 거처, 방, 밤거리 시야에 닿는 한도 내에서의 산이며 하늘 흐르는 구름, 어떻습니까? 늘 신선합니까? 정다운가요? 아니면 무감각인가요? 너무나 익숙해서 무감각인 경우가 많을 거예요. 그리고 그것은 여러분들이 무의식적이지만 현실 속에 갇혀 있기 때문이며 눈에 보이는 실물들을 정지상태로 인식하기 때문입니다. 부단히 생동하고 진행하는 것을 느끼지 못하는 것이지요.

창작이란 보편적 개념을 넘어서는 행위입니다

문학이론이라는 것도 갇혀 있어서는 안 되는 것입니다. 아무리 규명하고 체계를 세우고 개념을 끄집어내고 보편화한다 해도 정체상태가 길어지면 생명을 잃고 박제된 현상을 나타내게 되니까요. 물론 변화라는 것이 보편성을 깡그리 무너뜨리는 것은 아니며 그것이 기둥이기는 하나 진실, 진리에 닿기까지 그 기둥은 늘 불안전한 것입니다. 마음으로 멀리멀리 시계를 넓히고 깊이깊이 사물을 응시해야 합니다. 의식의 빗장을 풀고 순수하게, 그러면 상대적이 아닌 일체감을 느낄 수 있을 것입니다. 실로 우리는 우주의 한 부분이라는 것을 깨닫기 때문이지요.

그리고 우리 한번 상상을 해봅시다. 시간을 화살같이 달리는 종선으로 생각하고 그 종선을 가로지르는 횡선을 현실이라고 가상하면 십자가가 되겠지요? 예수 그리스도가 못박혔던 십자가, 눈을 치뜨고 하늘을 우러러보는 그의 정수리로부터 발끝까지 받쳐주는 종목과 양팔을 뻗어 손바닥에 못질을 당한 그 횡목을 상상해 봐도 되겠어요. 종목은 절대 진리를 향한 예수의 시선을 받쳐주었다 할 수 있겠으나 그것을 시간의 상징으로도 볼 수 있을 것 같아요. 영원이라는 개념으로 말입니다. 그리고 손바닥에 못질을 당한 횡목은 현실로 생각할 수도 있고.

현실은 끝없이 중복됩니다. 그러나 각기 다른 양상으로 중복되는 거지요. 파도를 예로 들어도 좋겠네요. 모래바닥에 밀려왔다가는 밀려가고 그것은 모두 새로운 물결입니다. 파도소리에 귀 기울여 보십시오. 천지만물의 입김을 느끼고 소용돌이, 탄식의 소리를 듣고 고통의 신음을, 환희의 청량한 웃음소리, 뭇 생명들이 꿈틀거리며 가는 소리, 오는 소리, 마음으로 들어보세요. 개념에서 떠나 감각으로 우리는 삶의 터전에서 어디로 가고 있는가 총체적으로 파악해 보는 겁니다. 물질문명에 길들여진 현대인들은 '비현실적이다, 몽상적이다'라고 할지 모르겠지만 그것은 회피의 변일 뿐입니다.

하기는 요즘은 그런 세월입니다. 비현실적이다, 몽상적이다, 하면은 그것은 쓸모없는 사람을 이르는 것으로 낙오자의 대명사같이 되어버렸습니다만 실은 그들에 의해 역사는 발전해 왔으며 사람들은 그 사실을 너무 많이 잊은 것 같아요. 더군다나 문학을 하겠다고 작심한 사람이 명리名利를 향해 규격품같이 만들어지는 공부방식을 따른다는 것은 한심한 일이지요. 알 수 없는 것은 모조리 사사오입해 버리고 확실한 것, 눈에 보이는 것만을 대상으로 한다면 뭐가 창작이며 창조겠어요? 모두가 기성품이지요. 창조주는, 이 경우 창조주는 신을 뜻하는 것이 아닙니다. 그러니까 어느 무엇이 어떤 권능에 의해 세상을 만들었는가 그것에 대하여 나는 모릅니다. 사람들은 모두 그것을 알지 못합니다. 해서 사람들은 추상적인 그 신을 만들었습니다만 여하튼 만들어진 결과를 두고 상대적으로 창조주라 했는데, 창조주는 결코 복제품은 만들지 않았습니다. 재탕도 하지 않았습니다. 창조된 것은 어떤 경우에도 오로지 하나! 저기 앉아 있는 저 학생은 이 우주 속에 하나밖에 없는 존재입니다. 그렇다면 창작이란 보편성이나 개념을 뚫고 들어가든지 뛰어넘어야 하는, 바로 그것이 문학 행위이며 그래야만 문학이 추구하는 진실에 적어도 조금은 접근할 수 있는 일 아닐까요?

사고의 진폭을 넓혀 총체적인 것을 보십시오

무한히 무한히 확대하는 세계, 무한히 축소되어 먼지와 같은 미물의 세계, 그 무수한 생명들의, 생명의 핵으로부터 끝을 알지 못하는 곳으로 뻗어가는 생명의 힘, 알지 못할 곳에서 생명의 핵으로 돌아오는 빛, 수의 개념으로도 그 어지러움은 파악할 수 없겠는데, 물론 수나 시간이 절묘하기는 하나 편의상 인간이 만들어낸 단위겠습니다만, 여하튼 크고 작은 천태만상의 그것들은 신비롭게도, 독자적인 개체임에도 불구하고 일사불란 모두가 같은 법칙에 의해 순환한다는 것, 그것들의 조직과 순환, 생사고락이 평등하다는 것, 정말 우리의 사고를 멈추게 하는군요. 영원하다는 것과 찰나적이라는 것

문학을 사랑하는 젊은이들에게

에도 생각이 미치면 기묘한 함정에 빠지는 것 같은 전율을 느끼며 미로를 헤매는 것 같은 아리송한 현기眩氣, 무중력 속에서 자신이 해체되어 가는 착각에 빠지게 됩니다. 여러분들은 우주를 어떻게 상상해 보았습니까? 한 점 먼지, 개미 같은 미물을 응시하면서 무엇을 유추해 본 적이 있습니까? 내 자신의 존재를 신비롭게 생각한 적이 있습니까? 학점을 따기 위해 그럴 시간이 어디 있는가, 볼멘소리가 들려올 것 같네요. 하긴 그래요. 오늘은 그런 세월입니다. 물物에만 복제품이 있는 정도를 넘어 인간 복제품을 시도하고, 이런 추세로 나가다가는 인간임을 포기하는 시기가 올지도 모르지요. 그러지 않기 위해선 힘껏 확대해 보고 가능한 한 축소해 보는 사고의 진폭을 가져야 합니다. 그래야만 우리는 총체적인 것을 볼 수 있습니다.

부정적 현실의 근원을 찾아서

오늘의 이 축소 일변도의 절름발이 현상, 진폭이 없는 상태를, 분업화가 가져온 귀결이다 할 수 있겠으나 중요한 것을 망각하고 잃었기 때문이라고 나는 생각합니다. 지금 이곳에서는 세계화를 부르짖고 부르짖을 만큼 세계의 기구는 확대되었고 교류는 용이해졌으며 거리는 단축되었습니다. 파리도 비행기로 12시간이면 갈 수 있으니까요. 이같이 확대된 현실에서 축소 일변도라니 의아해하겠지요. 그러면 왜 그런 말을 했는가 까닭을 얘기하겠습니다. 그 축소 지향의 사고방식은 어떤 결과를 가져왔는가, 그것은 인류를 함정에 빠뜨렸다는 것을 전제로 하고 시작하겠습니다. 여러분들도 이미 아는 일이거니와 환경이 위기에 처한 문제이며 생명의 삶이 영위되는 터전이 황폐해 간다는 것을 말하는 것입니다. 왜 이렇게 되었는가. 그것을 오늘의 상황에서보다 역사의 흐름 속에서 찾아보기로 하겠습니다.

샤머니즘은 무한을 지향한 우주관입니다

역사는 시대정신, 사상이나 종교 또는 정치이며, 그런 것의 명멸 속에서 이루어지고 진행된다는 말을 아까 한 것 같은데, 그런 것들도 생성하고 쇠퇴하며 소멸하는 과정이 생명들의 순환과도 같아서 예외는 아닐 것입니다. 그러면 우리 민족이 살아온 자취를 더듬어봅시다. 대충 추려내면 역사의 시작에서부터 저 북방, 우리 조상의 고도에서 그들 인간들은 생명 있는 모든 존재에 깃든 영성을 믿었습니다. 오래된 거목의 그 융성한 생명을 숭상하고 그것에 깃든 영성에 예배하며 공경하고 간절하게 영성과의 교신을 바랐던 것입니다. 그들은 또

문학을 사랑하는 젊은이들에게

영성의 불멸을 믿었으며 영혼이 간 곳을 추구하였습니다. 이 세상을 하직하고 가버린 내 혈족, 그리운 사람들과의 재회를 꿈꾸며 공간 어느 곳에선가 머물고 있을 영혼들과 교신을 그토록 안타깝게 시도하였던 이른바 샤머니즘, 자연과 생명의 경이로움 앞에서 영성을 인식한 그들. 그것은 인간사회 초기의 위대한 직관이었습니다.

여기서 우리가 느낄 수 있는 것은 영혼의 깊이와 공간의 확대인데 무한을 지향한 우주관이라 할 수 있고 무한히 깊은 곳에 잠재된 생명의 비밀이라 할 수 있겠습니다. 이 샤머니즘을 흔히들 미신이라 하지요. 확실하고 눈에 보이며 증명할 수 있는 것만을 인정하는 과학 시대에서는 당연한 정의일 것입니다. 불교와 유교는 철학 쪽으로 밀어붙이고 기독교에 대해서는 엉거주춤, 그것도 세勢에 따라서 대접이 달라지는 모양입니다. 여담은 그만두고⋯⋯. 확대와 깊이에는 뭐가 있는가, 확대해 나간들 보이는 것은 없고 깊이 내려간들 만져지는 것이 없다, 그것은 사실입니다. 그러나 사실이란 일어난 일을 증명하는 것이며 모든 것을 다 증명할 수 있는 것은 아니지 않습니까? 그러니까 '아니다'와 '모른다'는 것에는 엄연한 차이점이 있습니다.

도대체 우주란 무엇입니까? 모르는 것이며 다만 추상적 용어일 뿐입니다. 인간의 사고의 한계점이지요. 정신은 무엇입니까? 정신은 물증을 제시할 수 없는 것입니다. 다만 인체 구조의 기능으로 치부하며 한계를 그어놓았을 뿐입니다. 그것들은 모두 잠정적 표식 같은 것에 불과하며 실체는 아닙니다. 현대인들은 수없는 추상성을 용납하고 관행하면서 한편 확실치 않은 것에는 문 닫아버리고 그쪽은 믿지 마라, 이쪽만 믿으라는 이율배반을 행하고 있는 것입니다. 알지 못하는 것은 거론치 마라, 바로 그것이 미신인 것입니다. 이 미신을 합리화한 것이 기적이라는 말입니다. 기적과 미신이 근본적으로 뭐가 다르지요? 나는 기적이나 미신을 다 같이 옹호할 생각은 없습니다. 다른 종교도 그렇지만 샤머니즘(이게 종교인지 명확치 않다)에도 부정적 측면은 있습니다. 소위 기복사상 같은 것인데 이를테면 그것은 우주의 법칙을 좀 수정해 달라는 부탁 같은 거 아니겠어요? 이럴 때 개념화된 신에게 뇌물을 바치는 것 같은 현세적 거래가 이루어지는 것입니다. 중세에 죄를 사해달라고 면죄부를 사는 것과 비슷한 것이지요.

불교와 유교는 탁월한 사상이지만 영성에서 멀어졌습니다

꾀죄죄하고 곰상스러운 얘기는 그 정도로 하고, 다음은 수 세기 동안 시대정신, 정치 이념으로 풍미했던 외래 종교인 불교. 중생을 구원하며 고통받는 인생 고해에서 중생을 건져낸다는 대자대비의 불교는 실로 위대한 사상이며 정연한 논리입니다. 그리고 삶의 무상함과 공空의 사상으로 순환과 우주와의 합일을 설파했습니다. 그러나 영혼의 깊은 곳에 대해서, 우주로의 확대 추구에 대해서는 상당히 절제된 느낌을 받습니다. 물론 나는 불교학자가 아니며 불교에 대한 깊은 지식도 없습니다만 내 직감으로 얘기하는 것을 일단 용납해 주시기 바랍니다.

이 불교가 고려 말 여러 가지 폐단으로 쇠퇴의 길로 들어섰고 조선이 확립되면서 억불정책에 의해 불교는 더욱더 내리막을 구르는데, 대신 유교가 조선의 정치 이념으로 등장하게 되는 것은 이미 여러분들도 잘 아는 바이거니와, 이 유교에서 우리는 영성의 깊이와 공간의 확대가 거의 배제된 것을 볼 수 있습니다. 유교 역시 탁월한 철학이며 시대정신이기는 하나 인간 본위로 축소되어 사람됨의 도리, 규범에 철저하며 도의라는 틀을 만들었던 것입니다. 물론 유교를 정치 이념으로 삼은 교화군주제는 조선 5백 년의 원동력이었습니다. 그 결과 생명과 자연에 대한 경이로움 앞에서 영성을 인식했던 위대한 직관은 희석되고 인위적인 행위주의, 즉 도덕을 숭상하는 사회로, 생명이 갖는 생동감, 자연스러움은 억제되고 사회 전반의 가치관으로 유교는 자리잡게 된 것입니다.

그러나 조선이 휘청거리기 시작했을 무렵 샤머니즘은 동학으로 부활했습니다만 동학혁명은 일본에 의해 좌절되었으며 우리 민족은 일제강점기 36년 동안 정신적 진공상태를 겪은 뒤 해방을 맞이하게 됩니다. 20세기는 인본에서 물질주의로 넘어가는 시기였습니다. 소위 유물의 시대이지요. 그러나 사회주의 국가만이 유물론을 신봉했던 것은 아니었습니다. 뿌리를 살펴보면 자본주의 역시 생산고가 모든 것의 기준이 되는 철저한 물질주의였습니다. 20세기는 불확실한 것, 가시 밖의 것에는 가치를 부여하지 않았어요.

문학은 시대의 가치관을 어떻게 극복해야 할까요

이 정도 얘기하면 앞서 말한 축소의 시대라는 말이 납득이 됩니까? 그리고 오늘날 볼셰비키들이 절대적 진리로 믿었던 공산주의는 무너졌습니다. 굶주림과 헐벗음이 없고 계급이 없는 사회를 지상 목표로 삼았건만 그들은 더욱 가난해졌고 헐벗었으며 통제하기 위하여 더욱 강력해진 계급 때문에 붕괴하고 말았습니다. 그러면 맞수였던 자본주의 국가는 승리한 걸까요? 실은 군사적인 첨예한 대립이 풀렸고 군축이라는 재정적 부담이 덜어진 측면은 있었겠지요. 그러나 동구권의 빈곤이 서방의 부담이 안 되는 것은 아니었을 것입니다. 뭐 그 문제는 그렇다 치고 자본주의 국가의 풍요로움에는 문제가 없는가? 있지요. 자원을 낭비하는 풍요로움이라면 그것은 권도살림에 불과한 것이며 필경 자원은 고갈하고 말 것입니다. 이 시대의 상황은 물질주의로 축소된 결과입니다. 환경문제, 지구 오염은 다 이미 아는 일이니 새삼 재론할 필요가 없겠지요. 다만 이 같은 현실에서 궤도 수정이 필요하다는 것, 기성의 것을 깨고 새로운 이념의 탄생을 기다린다는 것, 서구에서는 오늘이 처한 현실을 타개하기 위하여 갖가지 시도를 하고 있는 모양이며 샤머니즘·노자·장자·불교까지 샅샅이 뒤지고 있다는 소문인데, 우리는 언제까지 그들이 쓰다 버린 고물에 매달려 있어야 하는지, 문학도, 특히 문학이론도 예외는 아닐 것입니다. 김치는 우리가 만들었고 긴 세월 보존해 왔는데 그것을 세계에 팔아먹는 것은 일본인이며 대신 우리는 햄버거나 피자를 먹는 형국과도 같은 것입니다. 분명히 우리는 지금 기로에 서 있습니다.

자, 그러면 이 긴 서론이 왜 필요했는가, 더러는 어리둥절해하는 사람이 있을지도 모르겠군요. '언어의 선택과 근사치'라는 제목을 내걸어 놓고 그것과는 사뭇 다른 외곽을, 그것도 수없이 우회하며 왔으니까요. 우선 참을성 있게 들어준 사람은 이론이란 부단히 깨어지는 것 아니겠는가, 서두에서 한 말에 대한 설명인 것을 짐작했을 터이고 왜 깨어지는가에 대해서도 납득이 된 것으로 압니다만 현실적인 학생들 중에는 혹 반론을 제기할 사람이 있을지 모르겠네요. 하기야 요즘 문학도 자본주의식의 상품으로 간주하는 풍조이고 보면, 그러나 문학을 상품으로 생각하는 사람이면 구태여 창작 강의를 들을 필요가 없습니다. 일본의 에로물이나 야담·괴담 같은 것이나 연구하면 족합니다. 각설하고, 그러면 여러분 이론이란 뭐란 말입니까? 사상·철학·종교까지 그것은 말입니다. 소설도 물론 말이지요. 그리고 긴 서론과도 전혀 무관한 것은 아닐 것입니다.

말은 평면이 아닙니다

여름이면 한밤중에도 소쩍새는 청승맞게 울고 뻐꾸기도 웁니다만 네 시에서 여섯 시 사이 원고를 쓰고 있노라면 네댓 종류의 각기 다른 새 울음을 듣게 됩니다. 새들의 이름을 모르기 때문에 나는 그들을 두고 밤새라 합니다. 그 우는 새들은 어떤 모습인지 알 턱이 없고 또 밤에만 우는지, 철새인지 텃새인지 그것도 모를 일입니다. 아무튼 밤에 우는 새소리는 한결 가없고 처량합니다. 겨울 새벽에 우는 새는 특히 그렇습니다. 추위와 굶주림의 계절을 보내는 그들 삶은 처절합니다. 비상을 꿈꾸는 사람들에게 새는 자유의 상징같이 보일지 모르나 지상에서 안식할 수 없는 그들의 처지야말로, 무슨 업을 지녔기에, 하는 생각이 들곤 합니다. 더군다나 요즘에는 강물이건 들판이건 농약, 공장 폐수 따위로 오염되고 개발한답시고 숲을 마구잡이로 파헤치는 어지러운 사정이고. 보면 사람들은 새가 운다, 새가 지저귄다, 새가 노래한다, 하고들 말합니다. 기실 우는 것인지 노래하는 것인지 그것을 우리는 알지 못합니다. 새들의 소리는 언어인지 모르지요. 아니면 신호인지도 모르고, 옛날 사람들이 나무거나 물고기거나 빼어난 생령과의 교신을 간절하게 바라던 생각이 납니다. 오늘날에는 그와 같은 호사가 없겠지만 흔하게 일상에서 만나는 새 한 마리가 내는 소리조차 헤아리지 못하는 것을 보면 세상은 온통 모르는 것투성이인 것 같아요.

여하튼 그건 그렇고 새들의 울음을 흉내내는 사람들도 가끔은 있는 모양이지만 그것은 특별한 경우이며 목소리나 혹은 글자로는 새 울음의 표현이 안 되지요. 가령 참새가 쨱쨱 울었다, 까마귀가 까아까아 하고 울며 지나갔다, 그 밖에도 새소리는 많겠습니다마는 그런 울음의 근사치치고는 우리의 글이나 말이 너무 멀지 않아요? 우리들 귀에 남은 새소리는 결코 그런 것이 아니었는데 말입니다. 어디 새소리뿐이겠습니까? 우리는 사방, 멀고 가까운 곳에서 들려오는 소리 속에서 살고 있습니다. 바람 소리며 풍경 소리, 해 지는 언덕에서 들려오는 염소 울음, 예를 들자면 한이 없지요. 아니 예를 들 필요도 없이 모든 소리들을 우리는 거의 정확하게 표현하지 못합니다. 표현 못 하는 그 소리들을 훨씬 가깝게 재생할 수 있는 녹음기의 기능을 생각할 때 사실 인간의 기능이 기계에 못 미치는구나 하는 생각도 들고 언어에 대한 강한 갈증 같은 것을 느끼게 되지요.

소리뿐만 아니라 형태에 있어서도 그렇습니다. 방금 머리 위로 날아가던 백로의 모습, 두 다리를 모으고 날개를 활짝 펴서 백설 같고 대리석같이 정교해 보였는데, 그 모습은 망막 속에 진하게 남아 있는데도 말이나 글로 표현을 하면 백로를 본 사람이면 상상이 가능하지만 백로를 본 적이 없는 사람은 정확하게 백로의 모습을 파악할 수가 없겠지요. 이런 경우에도 촬영기로 촬영한 도판은 백로를 알지 못하는 사람에게 그 모습을 제시해 줍니다. 이렇게 생각을 하다 보니 말이란 사물에게서만 유리되어 있는 게 아니라 바로 자기 자신으로부터도 유리되어 있는 것을 깨닫게 됩니다. 낯선 손님같이, 정체 모를 이방인같이, 그 거리는 사람들과의 거리가 아닐는지, 사랑하는 사람, 내 혈족과의 거리는 아닐는지요. 그리고 그것은 진실과의 거리이기도 합니다. 그렇다면 전달의 수단으로는 녹음기나 촬영기, 혹은 영화·드라마 같은 현대문명의 이기가 동원된 그런 것들이 훨씬 우위에 있는 것이나 아닐까 하는 생각이 들기도 합니다. 매우 자조적이지만 말입니다. 하기는 영화나 드라마 같은 것은 말의 도움을 빌리지 않고는 불가능한 일이기는 하지요. 그러나 그것도 요즘 한창 지어젖히는 건물이 그 대개가 시멘트로 온통 이루어지기 때문에 옛날의 그 당당했던 목수들과 다르게 오늘날 겨우 붙여주는 목수의 신세 같은 것이 말이 아닌가 하는 극단적인 생각도 해보게 됩니다.

문학을 사랑하는 젊은이들에게

예를 하나 더 들어보면, 맞선을 보게 될 어느 여인의 모습을 아무리 웅변으로 설명한들 상대방 남성은 사실 오리무중이지요. 그러나 사진 한 장을 보여주면 대강 윤곽을 잡습니다.

그러나 아직은 말과 글이 세상을 지배하고 있습니다. 미흡하고 확실하지 못한 말이 현실을 지배하고 있습니다. 그것은 앞서 말한 기재나 방식이 평면이기 때문입니다. 사람이 살아 숨쉬는, 사람뿐만 아니라 모든 살아 있는 것은 결코 평면이 아니거든요. 말은 평면이 아닙니다. 말은 탑과 같이 쌓아올려지는 것입니다. 전후, 좌우, 상하, 내용까지, 볼 수 없는 것까지 말할 수 있고 쓸 수가 있습니다. 아무리 어눌해도 그것은 삶의 형태로서 나타나는 것이기 때문입니다. 화면은 인체를 여실하게 나타낼 수 있고 글이나 말은 그렇게 되지는 않으나 내부까지 잠입하여 표현할 수 있으며 과거와 미래를 넘나들며, 오관에 전달되는 것을 모조리 거리는 있을지언정 나타낼 수 있습니다. 화면에는 아이 안은 엄마 모습이 선명할지라도 엄마 손에 전해지는 아이의 발이 차다는 것까지는 나타낼 수가 없고 바람 따라서 풍겨오는 여인의 체취는 나타내지 못합니다.

생각의 진폭이 넓어야 생기 있는 어휘를 구사할 수 있습니다

역시 살아 있는 생명이 가진 기능이 우세하지요? 생각해 보세요. 참, 말이란 다시 생각해 보니까 대단한 것이네요. 말이 없다면 이론이 가능하겠습니까? 교신이 가능하겠습니까? 하나님의 메시지도 말에 다름아닌 것입니다. 전달이 부실하면 비유로써 해결하고 그러나, 그러나 말입니다. 우리는 말을 선택해야 합니다. 그것은 근사치에 접근하려는 힘든 노력이지요. 진리에 도달한다는 것은 머나먼 일, 불가능한 일인지도 모르지요. 다만 우리는 진실을 향해 좀더 가까이 그것만으로도, 그 무게를 감당하기 어려워 포기하고 침묵하는 경우가 있습니다. 침묵의 무게, 말 안 하는 무게, 말 못 하는 무게, 인간만이 겪어야 하는 그것이야말로 비극이지요. 그것은 외로움이며 억울함이며 슬픔이며 분노일 수도 있습니다. 때론 어휘의 모자람으로 절망하기도 합니다. 물론 선택하는 데 어휘가 많으면 많을수록 좋은 것이지만 어휘가 많다 해서 반드시 근사치에 가까운 말을 선택하는 것은 아닙니다. 어휘가 많기로는 사전이라는 것이 있어서 그것에 의존하는 경우가 허다하지만 마치 서랍 속에서 꺼내어 쓰는 물건같이 그렇게는 돼 있지 않아요. 말에는 제각기 뜻, 생명이라 해도 좋겠지요. 그런 것을 지니고 있기 때문에 실은 자유분방한 것입니다. 그러나 말을 쓰는 사람에 따라 생명이 있을 수도 없을 수도 있는 것

문학을 사랑하는 젊은이들에게

입니다.

앞서 나는 생각의 진폭을 넓게 가지라는 얘기를 했습니다. 생각의 진폭이 넓으면 넓을수록 많은 어휘를 싸안을 수 있고 생동하는 어휘를 채집할 수 있습니다. 그렇다고 해서 말은 완벽하게 조립되는 것은 아닙니다. 말 자체가 추상적인 것이기 때문이기도 하겠으나 내용 자체가 추상적인 것이니까요. 삶이 시간을 타고 가는 것이라면 우리는 그 얼마나 많은 추상적인 것에 둘러싸여 살고 있는 걸까요? 구체적인 삶뿐만 아니라 정신상태도 끝없이 중복되는군요. 각기 다른 양상의 파도, 밀려오고 밀려가고 또 새로운 물결이 밀려오고 밀려가듯, 언어도 파도 같은 것이나 아닐는지요. 개념과 보편성도 언어가 이룩한 것이라면 그것을 깨어버리는 것도 언어입니다. 보편화되고 개념이 된 언어를 또다시 깨고, 언어로 작업하는 사람이나 흙으로 나무로 조각하는 사람이나 물감을 사용하는 사람, 몸으로 나타내는 사람, 소리를 거머쥐듯 작업하는 사람, 그들은 이른바 예술가들입니다. 이들은 끝없이 깨고 나가야만 합니다. 이들은 항구에 닻을 내릴 수 없는 사람들인지 모릅니다. 나는 내 집을 찾아오는 소설가 지망생들에게 여간해서는 격려의 말을 하지 않습니다. 시집가라, 그래도 어쩔 수 없다면 써라, 하고 퉁명스럽게 말하곤 했습니다.

오늘은 그야말로 얘기가 중첩되고 또 중첩되어 실은 내 자신도 갈피를 잡을 수가 없고 이 얘기를 매듭짓기도 매우 난감하게 됐어요. 여러분들도 상당한 혼란에 빠졌을 것을 느낄 수 있습니다. 만사를 쉽게 하고 능률을 올리는 것이 문명 시대의 방식인데 사실 그것에 맞서다 보니 탈진되는 느낌입니다. 이럴 때 우리는 다시 원점으로 돌아가야지요. 그것은 바로 노동입니다. 대패질을 아니하고 도끼로 찍은 건강하고 실한 나무 같이 생각을 모아 다시 출발하는 것입니다. 세분화된 것을 무더기로 모아 손아귀 속에 쥐어보는 것입니다. 생략하고 생략하여 중심으로 돌아와 시간을 인정하는 겁니다. 그리고 타박 타박 다시 걸어가야겠지요. 작가에게 글을 쓴다는 것은 업입니다. 아주 작은 기쁨이 없는 것은 아니지만 슬픔을 사랑해야 합니다. 있는 대로를 견디어야 합니다. 오늘은 이만하지요.

문학을 사랑하는 젊은이들에게

제9장

문학은 인간이 대상이다
- 인간 탐구

문학적 비관주의는 현실에 대한 비판입니다

　일반적으로 사람들은 소설을 읽을 때 소설 속에 나타나는 주인공, 혹은 등장인물들의 용모라든지 성격, 출신, 학식, 경력 같은 그런 조건을 우선 염두에 두는 것 같은데 정작 인간이라는 근본 문제에 대해서는 소홀히 생각하지 않나 싶어요. 그런가 하면 줄거리만 쫓아가는 독법도 있고, 이 역시 줄거리를 형성하는 사물에 대한 인식은 지극히 희박한 것 같았습니다. 독자뿐만 아니라 작가 역시 단순한 읽을거리, 그러니까 얘기의 줄거리를 제공한다는 안이한 의도에서 소설을 쓰는 경우도 있습니다만 이는 다 같이 일부 작가나 독자가 소설의 오락적 측면을 추구하기 때문입니다. 이러한 경향은 상당히 넓게 파급되어 가는 추세고, 특히 젊은 층에서 그 형상이 두드러지는 것 같더군요.

잠시 눈길을 돌려봅시다. 우리가 살고 있는 현장으로, 모든 것이 눈부시게 가속화되어 가고 있는 것을 여러분들은 느끼지 않습니까? 수치적인 면에서는 끝없는 팽창으로 치닫고 있습니다. 갈피를 잡을 수 없게 복잡다단하여 어디서 무슨 일이 터질지 예측 불허, 사물은 또 끝없이 세분화되고 분열 현상을 나타내고 있습니다. 그런가 하면 그와는 반대로 인간사에 있어서는 보다 간략하게, 정신은 보다 단순하게, 대인 관계에서는 대충대충 건성으로 넘어가고 옛날에는 자주 만나던 다정한 친구나 친지들도 같은 서울 안에서 1년에 한두 번 만날까 말까, 사람들은 수풀에 앉은 새처럼 늘 불안해야 하며 소음에 쫓기고 군중 속에서 외톨이와 같은 고립감에 빠지기도 합니다. 사회의 구조 자체가 가치관이 없으면 없을수록 능률을 올리게 되어 있고 백과사전식의 개념적 지식이 풍부한 사람일수록 지성으로 대접을 받게 돼 있어요. 공산주의 진영이 무너지고 냉전 시대가 물러가면서부터 여기저기서 다양화를 부르짖고 개성을 구가하는데 어떻습니까? 뭐가 다양이고 뭐가 개성인지 나는 도무지 알 수가 없습니다. 인간사는 보다 간략하게, 정신은 보다 단순하게, 그런 방면으로 사정은 굴러가고

문학을 사랑하는 젊은이들에게

있는데 말입니다.

　오늘날 문학은 그와 같은 모순의 차바퀴 속에 끼어들어 간 형국인데 모르는 척 능청을 떨면서 일부 나이 많은 사람은 지치고 피곤하여 따뜻한 안방에 웅크리고 일부 젊은 층은 캄캄하여 보이지 않는 앞을 향해 저돌적으로 돌파하려 하거나 문학을 열악한 자본주의 방식으로 개편하여 가장 선진인 듯 합리화하고 있는 것 같습니다. 알맹이가 없는 개성, 어디에도 뿌리를 박지 못하는 다양성, 그것에는 일종의 맹목적인 것이 있고 닥쳐올 위험을 포태하고 있다 할 수도 있습니다. 다양해야 한다 해서 도나캐나 다 좋다는 것은 아니지 않아요? 수공업 시절의 정서를 빌려와서 삶의 현장감이 결여된 벽걸이와도 같은 풍월의 시를 읽는 것도 역겨운 일이지만 구태여 사람이 아니어도 로봇이 주인공이라도 무방한 스토리 중심의 소설도, 물론 쓸 자유, 읽을 자유는 있지만 문학관에서 기세를 올리는 것이 과연 바람직한 일이겠는지, 제대로 된 소설을 읽어보면 이 풍요롭다고들 하는 세상에서, 기계가 모든 것을 척척 해내는 편리한 세상인데, 어쩌자고 세기말적 고뇌가 가득한 어둡고 어두운 글을 작가는 쓰고 있는가, 인간으로부터 탈락되는 공포, 금속성 소리를 내며 자기 자신이 마모되어 간다는 착각에서의 조울증, 외견으론 그 누구도 구속하지 않았건만 사회조직에 포박된 듯, 시간의 노예로 전락된 자의 신음, 대체로 비관적인 관점에서 글들이 씌어져 있었습니다.

잘산다, 발전했다, GNP가 얼마다! 항간에서 들려오는 소리, 괴리치고도 아주 한참입니다. 항간에서 거짓말을 하는 건지 작가가 과대망상에 빠졌는지 정말 기묘합니다. 수치만을 믿는 사람, 특히 비관적 사고방식을 몹시 싫어하는 사람들이 문학 나부랭이라 하며 경멸하는 이유가 바로 그 비관주의 때문이 아닌가 해요. 과연 수치만 보고 포만감을 느끼는 것이 잘 사는 건가, 무슨 짓을 해도 배만 부르면 되고, 내일이야 비가 오거나 말거나, 공장 폐수를 마시는 한이 있어도 우선 와인에다 치즈 먹고 이만하면 문화인이 아니냐, 국토가 황폐해 가는 것이 나와 무슨 상관, 골프를 칠 신세가 되었으니, 이만하면 살아볼 만한 세상이다.

사실은 현실을 비관적으로 보는 그 자체가 오히려 희망입니다. 주먹구구식의 요행을 바라는 혹은 눈 감고 안 보려는, 비교하여 이만하면 하는 낙관, 사회는 메마르고 썩어가고 있는데, 지구는 병들어 가고 있는데 근심하고 비관하고 절망하는 사람은 그나마 눈이 밝고 영혼이 살아 있는 거예요. 고장 난 차로 마구 달리며 잘 달린다, 잘 달린다 생각하는 사람보다 고장을 근심 걱정하는 사람이 차를 고쳐볼 궁리를 하는 법이거든요. 요즘 흔히 듣는 말 중에 무한 경쟁이란 것이 있습니다. 도대체 그의 명분은 무엇일까요? 한 마디로 살벌합니다. 전투를 앞둔 병사들의 합창같이 내 귀에는 들려옵니다. 경쟁이란 싸움인데 끝끝내 싸우겠다? 끝끝내 싸운다면 뭐가

문학을 사랑하는 젊은이들에게

남겠습니까. 지구는 아마도 속을 다 빼 먹고 껍데기만 남는 홍시 꼴이 연상되어 겁이 납니다. 무한이라 하지만 우주 밖에까지 생각하는 거는 아닐 테고 대강 경제, 장사라는 것은 짐작이 가는데 무한 경쟁이 자원의 고갈, 오염과 쓰레기의 증대를 가져올 것은 필연이고 적도 목표는 있어야 하는 것 아닐까요? 운동경기도 승패를 결정하는 목적지가 있는데 말입니다. 무한이라는 말도 그래요. 무한이란 탐색하는 그 무엇이지 수치가 없는데 달밤에 도깨비하고 씨름하는 것은 아니지 않아요? 남에게 뒤떨어질 수 없다는 국제적 형세를 모르는 바 아니나 말만이라도 좀 고쳤으면 싶네요. 건강한 지구로 되돌려 놓는다 하는 명분으로 무한 경쟁을 한다면 말이 갖는 억지도 용납이 되겠지만요. 그것은 인류가 더불어 사는 터전이니까 그야말로 선의의 경쟁이라 할 수 있지만 지금 시도하려는 무한경쟁의 끝은 무엇일까요? 극단적으로 말하자면 최후의 승리자는 오로지 한 사람뿐입니다. 그것은 멸망을 의미합니다. 왜냐하면 종種이 없어지기 때문입니다. 오늘은 종이 없어져 가는 시대입니다. 동식물의 종이 그동안 얼마나 많이 우리 지구에서 사라졌는가 그것은 여러분들도 익히 알고 있는 일 아니겠어요? 그것은 인류를 위하여 아주 불길한 징조입니다.

소설의 등장인물은 생명의 본질을 추구합니다

　그건 그렇고, 소설의 주인공이나 등장인물, 그러니까 인간의 본질과 사물에 대한 인식, 그 얘기를 하다 말았지요? 소설에 나타나는 인물에 대해서는 그들이 인간이라는 것은 이미 인지한 사실인 만큼 새삼스럽게 뭐 따질 필요가 있겠는가, 과연 그렇기는 합니다. 또 소설의 줄거리는 사건의 발단에서 끝맺음하는 것이 정석이라 각별히 사물 운운할 필요가 없고 독자는 형식화된 소설의 통로를 지나가면 된다, 그렇게 말할 수도 있겠습니다. 어차피 소설이란 허구이며 어느 인생의 한 단면을 그럴싸하게 꾸며놓은 것에 지나지 않는 것이니까 관점에 따라서 작가는 독자를 기만한다 할 수 있겠고 독자는 기만당하는 것을 알면서 읽는다, 또 허구에 대해 지나치게 왈가왈부하는 자체가 어떻게 보면 희극이다, 하고 정면에서 칼질을 해버린다면 그 논리에 맞서기란 어려운 일이며 당황하게도 됩니다. 바로 그 같은 보편성을 부정하기가 어렵다는 얘기지요. 감추어진 것, 미지의 것을 모색하는 처지에서는 단호하게 명료한 답변을 할 수가 없고 벙어리 냉가슴 앓는 것 같은 상황이 벌어지게 마련입니다. 우리는 일상생활에서도 내용은 다르지만 말을 꺼내놨다가 그 같은 궁지에 몰리는 경우가 허다하게 있습니다. 19세기에서 20세기가 끝나는 오늘까지 과학과 철학의 관계가 그 같은 것이 아니었나 싶어요.

얘기를 하다 보니 생각나는 것이 있는데 환도 직후의 일이었습니다. 그 무렵, 전쟁으로 폐허가 된 서울로 돌아온 지식인들 사이에서는 실존주의가 열풍같이 회자되고 있었습니다. 나 역시『이방인』『페스트』를 통해서 카뮈의 열렬한 독자가 되었고 그 유명한 사르트르와 카뮈의 논쟁을 읽기도 했습니다. 어디서 읽었는지, 일본잡지였던지 기억이 뚜렷하지 않지만 여하튼, 지금도 그렇습니다만 자신의 철학을 소설 형식을 빌려 나타내려 했던 점을 감안하긴 하지만 사르트르에 대해서는 비판적이며 특히『자유의 길』같은 소설을 태작으로 보는 내게 그 두 사람의 논쟁은 상당히 흥미 있는 것이었습니다. 그러나 그 논쟁에서 사르트르는 유유자적하고 카뮈는 흥분 상태였습니다. 외형상 카뮈는 판정패 같은 인상이었어요. 그때 나는 감정적인 시인과 이지적인 평론가 생각을 했습니다. 지금도 그때 느낌이 뚜렷하게 남아 있는데 시인의 직감과 보편성 사이의 거리를 메우는 언어의 역할이 그 얼마나 허술한 것인가를 일깨우는 것이기도 했습니다.

인간 탐구에는, 상식에 관한 얘기지만, 양면성이 있습니다. 과학과 철학, 혹은 문학과 대립되는 그것입니다. 과학은 인체를 통하여 생명에 관한 것을 적출하려 하고 문학은 인간을 통하여 생명의 존재 의미를 추구하려 합니다. 인체를 해부하고 또 해체하며 대상을 물질로서 관찰하는 의학은, 심리적·정신적 영역까지도 기능이라는 측면에서 세분화하고 구조물로서 대응방법을 실험에 의해 찾아냅니다. 그러나 문학, 특히 소설에서는 그 아무것도 실증할 수 없고 실체도 아닌 추상적인 것을 추상적 방법에 의해 추구하지만 그것은 살아 있는 사람의 종합적 표현인 것입니다. 인간의 본질(생명)을 추구하는 데는 대체로 그 목적이 같다 할 수 있겠으나 하나는 시간과 공간과 별 상관이 없이, 의미를 부여하지도 않고 인체라는 국한된 대상의 기능과 구조를 물리적으로 까발리어 정체를 규명하려 하고, 다른 하나는 시간을 타고 공간을 유동하면서 인간의 삶 자체, 존재의 이유가 그 대상인 것입니다. 그것에는 확실성과 불확실성, 상반된 두 가지 특성을 가지고 있지만, 언어로써든 실험으로써든 생명의 신비 그 본질에는 도달하지 못하였다는 입장은 같은 것입니다.

우리말과 글은 우리 민족의 숨결입니다

오늘날 소설의 새로운 시도, 혹은 다양하다 해야 할지, 그러한 개성이 전혀 없다고 할 수는 없지만 앞에서도 말했듯이 새로움, 다양함보다 사고의 단순화, 언어의 단순화라 해야 옳을 거예요. 요즘 젊은 사람들, 그것이 교육이 빚어낸 결과이기는 하나 문장력이 없다, 논술에 약하다고들 말을 하는데 왜 약한가, 어휘의 빈곤, 그것을 첫째로 꼽을 수 있습니다. 그간

문학을 사랑하는 젊은이들에게

얼마나 많은 어휘들이 사전에 틀어박혀 세간에는 나타나지 않았는가를 마치 지구상에서 많은 종자가 없어져 가듯, 어휘의 빈곤은 두말할 것도 없이 사고력이 약해지니까 활용을 못하고 퇴화하며 결국 세간에서 사라져버리는 것이지요. 해방 후 문교정책도 휘청거리며 겨우 여기까지 왔지만 민족의 최대 유산인 우리말에 대하여 불행하게도 역대 정부가 한 일이라곤 아무것도 없었습니다. 그것도 요인이 하나이기는 하지요. 그러나 딱한 사정은 어휘의 빈곤만은 아니었습니다. 돌아다니는 어휘마저 제대로 씌어지지 못하고 얼토당토 아니게 꿰맞추는 데는 정말 어안이 벙벙해지더군요. 도대체 우리는 지금 어디로 떠내려가고 있는가, 한 마디로 혼돈입니다.

예를 하나 들지요. '같다'는 말의 뜻은 무엇인지요? 이 말에는 복수가 내포되어 있습니다. 다르지 않다, 비슷하다, 닮았다, 근사하다 할 때는 상대적이지요. 그리고 또 다른 뜻으로는 망설임, 예감 같은 것이 있습니다. "비가 오실 것 같다" 하면 예감을 나타낸 것이며, "집에 가야 할 것 같다" 할 적에는 망설임입니다. 하면은 "맛이 있는 것 같아요." 그 말의 진의는 무엇일까요? 요리 접시를 나열해 놓고 비교해 보라 한 것도 아니며 마이크를 잡고서 시식을 끝낸 여자가 요리사에게 칭찬 삼아 한 말이었습니다. 대체 뭐가 같다는 거지요? 예감할 만한 일도 아니었고 칭찬을 망설였던 것일까요? 이름 있는 산, 그 정상에 오른 여자는 또 마이크를 잡고 말했습니다.

"참 아름다운 것 같아요?" 이 같은 어법은 놀랍게도 국영방송에서 빈번하게 쓰이고 있었습니다. 예를 들자면 이 밖에도 많습니다. 그리고 또 여담이지만 존칭에 관한 것인데 새파랗게 젊은 여자가 부모뻘이나 되는 연장자 앞에서 제 남편을 두고 하시고 자시고, 마치 노예처럼 재잘거리는 것은 요즘 흔히 보는 일입니다. 텔레비전 화면에서도 신물 나게 보지요. 연장자 앞에서는 말할 것도 없고 동격인 사람 앞에서도 남편을 높이 받드는 것은 자기 자신을 높이 받드는 것과 같습니다. 그 여자는 텔레비전 시청자가 모두 제 자식이거나 부리는 사람이거나 아니면 제자쯤으로 착각을 했는지 모르지만, 그 정도의 예의는 최소한 기본적인 것입니다. 영어권에서는 부모에 대해서도 너 나 하며 호칭하고, 우리들의 호칭이나 존대 하대를 번잡스럽다고 얘기하는 사람들도 더러 있는데 서로가 다 장단점은 가지고 있는 만큼 우리의 언어가 우리 문화에서 형성되고 약속된 것이니 우리말의 규범을 지켜나가야 하는 것이 옳다고 생각합니다.

소설을 쓰다 보니 사실은 우리의 호칭이나 존대 하대가 실은 영어보다 유리한 점이 많다는 것을 깨닫게 되었습니다. 상대가 누구든 너 나로 통한다면 너 나에 대한 설명이 필요하게 되고 존대 하대가 없으니 너 나의 신분을 전제해야 하는데, 물론 우리말로 쓰는 소설에도 설명이나 전제가 불필요한 것은 아니지만, 상당 부분 생략이 되는 것도 틀림없는 일입니다. 그리고 대화가 거듭될 때마다 관계, 신분, 성격까지 환기시켜 주기도 합니다. 일일이 예를 들자면 길어지겠고 하나만 얘기하겠어요. 어느 일가에 할아버지 한 분이 계십니다. 할아버지에 대한 칭호는 할아버지, 할배, 조부, 할아범, 큰아배, 대강 그러한데 벌써 이 칭호에서 할아버지의 신분을 짐작하게 되는 것입니다. 할아범의 경우는 손주가 부른다기보다 어느 대가 댁 늙은 하인의 칭호이지만 대체로 양반, 중인, 서민으로 짐작이 가지요. 가령 상류나 중류인데도 불구하고 할아버지에게 반말을 쓴다든가 한다면 그 노인은 집에서 환영받지 못한 존재로 볼 수도 있고 사람이 줏대가 없어서 손주에게 호락호락 보였다, 그런 상황을 짐작할 수 있지 않겠어요? 칭호가 많고 복잡하며 상대에 따라서 말씨가 달라진다는 것은 그만큼 언어가 발달했다 할 수 있고 음영이 짙으며 섬세하다 할 수 있을 거예요. 설혹 그런 것이 약점이라 하더라도 언어란 내 모습, 우리 민족의 숨결 같은 것이어서 스스로 자신을 버리는 것 같은 행위야말로 깊이 삼가야 할 것이며 저 일제강점기 시대, 우리의 말, 우리의 글, 이름까지 빼앗겨야 했던 것을 상기한다면, 노예와도 같은 그 시절에도 존엄과 존귀함을 지켜왔거늘, 위로는 대통령을 위시하여 말단 공무원까지 우리 스스로 이 나라의 주권을 장악하고 눈부시게 경제가 성장했다고들 하는데 의식은 외래 지향, 식자들은 걸핏하면 자비 의식을 포장한 비교론을 입에 올리고, 제 나라 말을 갈고 닦고,

수입을 올려주는 관광객 앞에서도 아는 영어를 쓰지 않고 프랑스어를 고집하는 프랑스 사람들같이는 못할망정 우리말은 지금 황폐 일로, 주객이 전도된 상태에 놓여 있습니다. 우리말에 칭호가 복잡하고 공대며 하대, 갈피가 많은 것에는 과거 계급사회가 빚어놓은 데 원인이 있다, 그런 측면을 부정할 수는 없겠지요. 그러나 그런 것들은 예절에 대한 규범이기도 했던 것입니다. 예절 역시 과거의 잔재로서 곰팡내 나는 형식이다, 혈기왕성하게 떠들기도 합니다만, 예절은 형식이 아닙니다. 형식화한 것은 사람이었지 예절은 일종의 휴머니티로 볼 수 있습니다. 상대를 대접하고 불쾌감을 주지 않으려는 마음 쓰임으로서 인간관계를 아름답게 유지하려는, 그것 역시 문화 아니고 뭐겠어요? 동방예의지국이라는 말이야말로 가장 자랑스러운 우리의 훈장입니다. 교육은 받았지만 교양은 없다, 이게 오늘의 현실입니다. 교양의 첫째 덕목은 예절입니다. 문화의 첫걸음도 예절이구요. 거칠어질 대로 거칠어진 주변을 한번 돌아보세요. 배만 부르면 된다는 돼지철학이 팽배해 있지 않아요? 연장자 앞에서 애송이 남편을 두고, 하시고 자시고, 손수 어쩌고저쩌고, 대학 교육까지 받은 여자가, 그쯤 되면 그야말로 슬픈 희극이지요. 도대체 교육이 뭔지 알 수가 없습니다.

각설하고, 여러분들 새로움이란 뭐지요? 다양함은 또 뭡니까? 새로움이란 창조입니다. 남의 것 빌려오는 게 아니에요.

다양함은 각기 창조된 것의 결과입니다. 오늘은 사고가 풍성한 시대입니까? 언어가 풍부하고 세련이 되었나요? 손바닥만 한 자투리 헝겊 가지고 옷을 지어 입을 수는 없습니다. 단순, 생략의 아름다움은 많은 것에서 추려낸 것이지 적은 것에서 단순할 수밖에 없었다면 그것은 초라한 것 이외 아무것도 아닌 것입니다. 우리나라의 와당이나 범종의 기술이 일본으로 건너가 초라한 몰골의 와당이나 범종을 만들 수밖에 없었던 것은 문화적 유산이 적었다는 것, 칼로 날밤을 새야 하는 그들의 생각하는 폭이 좁았다는 것으로 설명이 될 것 같습니다.

작가는 언어로 생명의 본질에 다가가는 존재입니다

소설에 나타나는 모든 사물은 어떠한 형태로든 인간에 종속된 것이며 또한 대상으로서 존재하는 것입니다. 너무나도 당연한 얘기지만 소설을 쓰는 당자는 인간이며 인간의 사고에 의해 인간 사이에서 약속된 언어로써 기술되기 때문입니다. 그러니까 근본적으로는 주관적이다 할 수 있겠습니다. 물론 이 주관적인 것으로 인하여 적잖은 위험을 안을 수밖에 없고 착오를 되풀이하게도 되는데, 흔히 사람들은 사고하는 능력, 언어를 구사한다는 이유로 인간을 만물의 영장이라 단정하기도 하고 신의 가장 걸출한 창조물이라 하여 자부하기도 합니다. 우리가 인식하는 한에 있어서는 그렇습니다. 개미나 벌들의 집단생활, 그들 왕국의 질서 같은 것을 우리는 다소 알기는 합니다만, 그들 진실한 생활의 모습은 알지 못합니다. 바다제비와 도요새가 생존의 조건을 찾아서 망망한 공간을 질러 수만 리 장천을 어김없이 날아가는 그 이치에 대해서도 우리는 알지 못합니다. 어떻게 개미들은 나뭇잎을 잘라다가 곰팡이를 길러 식량에 대비하는가, 어떻게 벌들은 육각의 정교한 구조물을 만들어서 알을 부화하는가, 새들은 또 어떻게 항로를 개척했으며 계절을 알고 그것에 대응하는가, 예를 들자면 끝이 없고 억조창생 그 모두가 천부적인 것, 그리고 규범에 의해 치열하게 삶을 영위하고 있으니……. 그들 생명들은 사고를 하는가? 그들은 그들 고유의 언어가 있는가? 역시 우리는 그것을 알지 못합니다. 인간은 매우 합리적인 동물이어서 알지 못하는 것, 규명될 수 없는 것에 대해서는 적당한 말로써 종지부를 찍기가 일쑤지요. 조건반사다, 본능이다 하고 말입니다.

이와는 반대로 사람들은 모르는 것, 규명할 수 없는 것을 이러저러한 논리로 애써가면서 존재하게 하는 경우도 있습니다. 이를테면 신이지요. 신은 사고하는가, 언어를 가졌는가? 그러나 인간의 사고, 인간의 언어와 다름아닌 것이 신의 생각이며 말씀인 것입니다. 실증할 수 없는, 적어도 비슷하게 모르는 대상에 대하여 하나에는 없다고 단정하며, 다른 하

문학을 사랑하는 젊은이들에게

나에는 있다고 신념하며 정열적으로 광신적으로 믿는 이율배반, 도시 인간은 무엇일까요? 근원적으로 인간이란 애매한 것일까요? 안다는 것도 모른다는 것도 궁극적으로는 자신을 알지 못한다는 것에 귀결되는 것 아닐까요? 네, 그렇습니다. 사물이 인간에게 종속된 것이라는 생각 자체가 인간의 사고 영역의 산물임에 틀림이 없을 것 같습니다. 사람은 어디서 왔으며 어디로 가는가, 사람을 둘러싼 모든 사물, 다 알지 못합니다. 나는 생각한다, 때문에 존재한다, 너무나 유명한 말이지만 알지 못하는 것에서 사고는 시작되지 않았을까요? 그러나 알게 되는 목적지는 까마득하게 먼 곳에, 영원히 당도하지 못할지도 모르는 곳에 있습니다. 그곳까지의 엄청난 거리감 속에서 그것은 혼돈이며 갈등이며 허무이기도 하며 새로운 출발이기도 하며 안식의 갈망이기도 하고 꾸미기도 하고 벗어던지기도 하고 버리고 줍고, 결국 소용돌이의 거대한 힘 아니겠어요? 그것이 바로 우리의 삶이며 해서 치열하고 연민스럽고 아름답기도 한 것입니다.

소설에서 인간을 탐구한다는 것은 다양한 계기를 맞이하며 선택하고 선택되며 또 선택되고 선택하는 것이 이끌고 있는 무한한 사슬의 숲을 헤치고 들어가는 일이 아닌가 싶어요. 우리에게는 과정밖에 없습니다. 과정이야말로 진실이며 그것이 옳든 그르든 간에 그것만은 명확한 것입니다. 문학도 하나의 선택이며 과정인 것입니다. 그것을 인식한다면 허황된 행복의 의상을 벗어버릴 수도 있고 저 얼음의 나라, 사막 속의 땀과 누더기의 의미도 삶의 치열함 속에서 아름다움으로 찾아낼 수도 있으리라 생각합니다. 우리가 실감할 수 있는 것은 생명입니다. 어떤 경우에도 삶은 아름답습니다. 그 삶과 생명, 스스로도 그러한 존재이지만 그런 존재들의 동반자가 작가라고 나는 생각합니다.

소설의 인물들은 서로 조화되는 입체감이 있어야 합니다

나는 내 작품에 관해서 애기하는 것이 싫습니다. 당혹스럽고 어색하니까 그렇지요. 그러나 다른 분들의 작품을 고르고 정리하는 것이 현재의 나로서는 매우 어려워요. 시간도 그렇고 체력도 달리거든요. 하여 '인간 탐구'라는 제목을 제시하였으니 『토지』 속에서 몇 사람 뽑아서 여러분들이 알고 싶어하는 기법에 대해 약간 언급해 보기로 하겠습니다. 사실 나도, 소설이 길고 수많은 등장인물이 명멸하기 때문에 기억나는 대로 애기하겠습니다. 『토지』에는 좀 색다른 인물이 두 사람 있습니다. 색다르다는 것은 그 인물 자체가 아니며 기법상의 문제라 해야 옳겠지요. 그것은 김개주와 별당아씨입니다. 이 두 인물은 한 번도 작품의 정면에 나타난 적이 없습니다. 찾아보면 그 밖에도 정면에 나타나지 않는 인물들이야 많겠습니다만 대개는 역사적으로 실존한 사람들은 그렇게 처리했습니다. 배경상 불가피하게 언급하지 않으면 안 될 경우, 그러나 김개주나 별당아씨는 실존인물이 아니었으며 상당히 중요한 그러니까 이야기를 전개해 나가는 데 여러 개 골격 중 그 하나씩을 담당했던 것입니다. 한데 왜 독자 앞에 나타나지 않았는가, 그들은 시종 베일에 가려져 있었습니다. 그 이유가 무엇일까요?

이들에게는 하나 공통점이 있습니다. 불륜의 여인, 불륜의 사나이라는 그 점입니다. 불륜을 말하자면 김환도 그렇고 윤씨 부인도 그렇고 그 밖에도 더러 있겠지요. 김개주와 윤씨 부인, 윤씨 부인은 피해자였지만 그 시대상황에서 자결하지 않고 살아남았다는 자체가 구원받지 못하게 돼 있으니까. 그리고 김환과 별당아씨. 이 네 사람의 불륜은 어떤 성질의 것이었는가, 그것에 열쇠가 있는 것입니다. 이들 네 사람의 관계는 어떤 측면에서는 순교자 같은 요소가 있습니다. 이들은 쾌락을 위한 불륜이 아니라 그러한 오명을 감수하면서까지 사회의 규범을 뛰어넘을 수밖에 없었던 처절한 분신 찾기의 행동이었던 것입니다. 사람은 누구나 분신(진실) 찾기의 꿈을 가지고 있습니다. 다만 그것에 장애가 있을 때 용기를 잃습니다. 아니 용기를 잃는다기보다 규범과 타협해 버리는 거지요. 아니 규범에 타협한다기보다 자기 내부에 있는 에고와 타협하는 거지요. 사실 사회의 규범을 뛰어넘는다는 것에도 편의상 하나로 묶으려 드는 것이 집단의 속성인데, 뛰어넘는 대상은 모두 일률적인 것은 아닙니다. 이 중에는 선도 있고 악도 있고 가해자도 있고 피해자도 있는 것입니다. 앞서도 말했듯이들 네 사람은 그 상황이 여하튼 간에 악으로는 보지 않았고 피해자, 희생자라는 관점에서 작가는 애초 그들을 설정했던 것입니다. 그러나 작가 역시 사회적 통념을 깬다는 것은 힘겨운 일이었습니다. 이들을 정면으로 내세울 때 작가는 어떤 방법으로 그들 진실의 훼손을 막을 것인가 하여 두 사람을 안개 저쪽에다 감추어버렸던 거지요. 그러면 정면에 나타난 두 사람은 어떻게 된 일이냐, 마땅히 그 같은 반문은 있을 수 있습니다. 그러나 희생은 최소한도로 막아야 하는 것이지 전적으로 모두 다 안개 저쪽으로 보내버린다면 소설이 성립될 수가 없습니다. 말하자면 그들은 작가에 의해 선택된 것입니다. 뿐만 아니라 소설에는 리듬도 있고 멜로디도 있으며 강약, 소음, 정밀이 공존하는 것이며 성글고 치밀하고, 되풀이와 생략, 그런 것들이 조화를 이루어야 하고 무엇보다 입체감이 있어야 합니다. 네 사람들 다 안개 속에 보내버리면 소설은 평이해지고 네 사람을 다 정면에 내세워도 평이해지는 것입니다. 들어가고 나가고 하는 것으로, 또 가로누운 것, 세운 것이 있어야 집이 되듯, 짜임새라 해야 할까요?

또 하나, 그들 두 사람을 감추어 버린 이유는 진실 자체가 은밀하며 꺼내 보일 수 없는 것 아니겠어요? 독자들 각기의

문학을 사랑하는 젊은이들에게

상상에다 넘기려는, 말하자면 신비의 베일을 씌운 것입니다. 작가는 어떤 경우 매우 교활하며 때론 냉혹하고 계산도 철저하게 해야 합니다. 등장인물과 함께 떠내려갈 수는 없지요. 때때로 소설의 인물들에게 제약을 가하기도 하고 풀어주기도 하구요. 반드시 그러한 기법이 성공했다고 작가 스스로가 말할 처지는 아니겠습니다만 오늘은 의도한 바를 여러분들에게 얘기한 것뿐입니다.

　시간이 없어서 더 이상 다른 인물들에 대한 언급은 할 수가 없고 앞으로 차차 얘기하겠지만⋯⋯. 나는 압니다. 여러분들이 무엇을 원하는가를 그야말로 소설적인 얘기를 원하는 것 아니에요? 너무 확대하니까 갈피를 잡을 수 없다, 좀 축소하여 가까운 것에서부터, 그러니까 문학을 지망하는 학생은 소설의 기법에 대한 비방祕方 같은 것에 비중을 두었으면, 그렇게 생각을 할 겁니다. 앞서도 말했으나 남의 것을 고르고 정리할 시간도 체력도 달린다, 그러나 이것은 내 격인데 같은 작가의 입장에 남의 작품을 난도질하기가 싫고 또 내 작품에 대한 변명도 하기 싫으니까 피하는 경향이 없지도 않으나 그러한 무책임에서 이 강의를 시작한 것은 결코 아닙니다. 문학은 모두 우리의 삶과 연결고리에 묶여 있습니다. 전체가 없이 세부가 있을 수 없지요. 우리가 지금 어디에 있는가 두리번거리지 않고는 이정표를 찾을 수 없으니까요.

제10장

문학은 체계적인 학문이 아니다
– 독서에 대하여

자유와 의무의 갈등은 인간이 처한 영원한 실상입니다

　지금까지 범벅하고 때론 지리멸렬한 감이 없지 않았던 강의에 대하여 여러분들은 구름 잡는 듯한 느낌이 들었는지 모르겠어요. 내 자신 생각에도 그렇게밖에 얘기할 수 없었던 것이 딱하게 여겨집니다. 한편 그것은 가르친다는 문제에 대한 당혹감이기도 하고 교육에 대한 어떤 회의 같은 것이기도 합니다. 물론 애초부터 교육한다는 마음가짐은 아니었고 작가로서 이 자리에 서기는 했습니다만, 이야기가 좀 달라지는데 내가 기억하고 있는 전화번호는 오직 하나, 우리 애들 집의 전화번호입니다. 그것은 기억이라기보다 습관적으로 다이얼을 돌리는 행위로서 막상 입으로 말하라 한다면 또박또박 숫자를 쉽게 대지도 못할 거예요. 심지어 내가 사는 집 주소조차도 확실히 외질 못하여 누가 문의라도 해오면 잠깐 기다려라 하고는 주소가 씌어진 편지봉투를 분주하게 찾습니다. 건망 증세라 할 수 있겠는데 그것은 아주 옛날부터의 일이었고, 그런 증세가 있으면 마땅히 전화번호 같은 것은 수첩에 정리를 해놔야 옳은데 그게 그렇게 되지가 않습니다. 어쩌다 벽에 적어놓기도 하지만 이름을 쓰지 않아 헛일이 될 때도 있고 조박지에 적어두는 경우도 있지만 그것 역시 어디 놔두었는지 모르거나 없어지기 일쑤입니다. 해서 연락이 화급할 때나 만사 제쳐놓고 안부를 물어야 할 때 한 소동이 벌어지는 것이지요. 낡은 잡지를 꺼내어 주소록을 찾다가 쌓인 명함을 일일이 뒤적이다가 법석을 떠는데 한심스럽고 가관이라 아니할 수 없을 거예요.

전반적인 생활의 형태가 모두 그래요. 마치 스스로 불편과 번잡을 자초하듯, 의식이나 생활에 온갖 잡동사니가 뒤죽박죽, 그러다 보니 어느새 오랜 친구, 친지들과 소원해지게 되고 은혜 입은 분들께는 예를 다하지 못하게 되고 마음으로 다가오는 독자들마저, 그들 성의를 지나쳐 보내고 마는 독한 인간이 되어버렸습니다. 긴 세월 한 가지 일에 몰두해 왔다 하여 다행히도 이해와 용서를 베풀어주니 망정이지, 언젠가 나는 어느 분에게 내 장례식에는 아무도 오지 않을 것이다, 하고 말한 적이 있었습니다. 그것은 내 외로움을 타개할 수 없는 내 입지에 대한 쓸쓸함의 표현이었겠지요.

생각해 보면 남과의 관계뿐만 아니라 내 자신, 내 일에 대해서도 그래요. 여행이라곤 거의 못 하고 지내던 처지에서 어렵게 가본 남의 나라, 남의 문물이며 자연과 마주치고 갈바람 같이 스며드는 온갖 상념에 젖으면서도 메모 하나 못 하는 버릇. 누군가는 위기 속에서도 그 상황을 메모했다 하여 그네들 특성을 찬양하고 그러지를 못하는 우리 민족에 미국판으로 설왕설래하는 것을 들은 적이 있습니다만 내게는 상당히 켕기는 일이었습니다. 아무튼 창작노트 하나 만들어놓지 못하고 그때그때 힘들게 자료를 찾아본다거나 이미 나간 소설 앞뒤를 뒤적여 가며 다시 읽어야 하는데 어디 그것뿐이겠어요? 때론 착각도 하고 연결이 안 되는 실수도 범하게 되니 말입니다. 전기세·수도세·전화세, 통합해서 은행이 대행해 준다는 말은 들었으나 그 절차 하나 밟지 못하고 그것을 해주겠다는 사람이 있었지만 생각하는 것도 그렇고 영수증 따위 챙겨내는 것도 지겨워 마다했는데…… 그런 고지서가 시일을 넘겨 독촉장으로 날아드는 것은 다반사, 한 마디로 어지럽지요.

30여 년 전의 일이 생각납니다. 전란 이후 남의 집 셋방살이를 하다가 내 집을 마련했을 때였습니다. 매사에 서투르고 경험이 부족했던 나는 잔금을 치르고 집에 입주는 했는데 집을 판 사람의 인감증명을 받지 않아서 1년 동안이나 등기이전을 못 하고 매일매일 어머니 성화에 시달린 적이 있었으며 취득세 관계로 세무서에 갔을 때 얼마나 그곳이 낮설었던지 눈물을 흘린 적이 있었습니다. 그 일 때문인지 아니면 본시부터 그렇게 생겨먹었는지, 아무튼 나는 문서라는 것에 대한 강한 거부감이 있습니다. 좋은 것이든 나쁜 것이든 간에 문서 그 자체가 겁나고 외면하고 싶어지는 겁니다. 나를 옭아매는 구속하는 것 같은 것에 대한 본능적인 거부, 도시 이와 같은 사회조직 속에서 과연 나 같은 인간이 살아남을 수 있을까 하는 강박관념은 지금도 내 머릿속 어느 곳에 남아 있어요. 하찮은 오물세 고지서가 날아와도 그렇고 저금통장이라는 것에까지 신경질적인 불안감을 느끼는 것을 나 자신도 어떻게 해볼 도리가 없습니다. 모든 것 잊고 싶다, 잊고 싶다! 홀가분해지고 싶고 그 어떤 것에도 얽매이기 싫다, 싫다! 철부지 아이같이 뇌까리다가 대상도 없는 투정을 부리다가 지쳐버립니다. 가족들 생일 같은 것 까맣게 잊고 살아요. 심지어 기일이 든 달이면 그날을 잊을까 봐서 가슴이 두근거리곤 합니다.

실은 남에게보다 내 자신에게 무성의하며 자신으로부터도 도망치고 싶어 하는 것을 미루어 생각해 보면 건망증하고도 다르고 에고이즘하고도 다르다는 것을 깨닫게 됩니다. 도대체 이건 무슨 병인가, 어째서 그 같은 습벽·성격이 되었는지 요즘 와서 곰곰이 생각할 때가 있습니다. 기억한다는 것, 정리한다는 것, 따져본다는 것, 그런 것들을 내 머리가 거부하는 것이 아닐까? 소위 기억장치 속에 입력하는 것을 뇌가 거부하는 것은 아닐까? 그런 생각이 문득 들었습니다. 온갖 잡동사니가 뒤죽박죽으로 들어차 있어서 비집고 들어갈 자리가 없는 거 아닐까 하고 말예요. 그런 생각을 하면서도 잊지 말아야지, 정리를 해야지, 따져봐야겠다 하는 강렬한 채찍이 매양 나를 후려치는 것입니다. 그것은 어떻게 보면, 아니 사실이 그런데 자유와 의무의 갈등이며 그것의 상승작용의 형태라 할 수 있을 것입니다. 자유와 의무의 갈등은 사회가 구성되면서 우리에게 씌워진 굴레이며 사회가 발전하면 할수록, 자연과 멀어지면 멀어질수록 보다 강하게 죄어드는 굴레입니다. 인간이 처한 영원한 실상이기도 할 것입니다.

모든 것에 한계가 있기에 변화가 있습니다

상투적인 말이지만 인간은 사고하는 존재입니다. 사고하기 때문에 만물의 영장이라는 자만심에 가득 찬 존재이기도 한 것입니다. 같은 터전에 같은 생명으로 나타나서 삶이라는 같은 형태로 존재하는 여타에 대해서는 그들의 생존방식을 '본능이다, 조건반사다' 하며 수요 이상으로 학살하고 생명의 균형을 깨는 것 또한 사고하는 인간인 것입니다. 그러면 본능

문학을 사랑하는 젊은이들에게

이나 조건반사는 무엇에 의해 나타나는가, 또 생각은 무엇에 의해 생겨나는가. 모르기로는 피장파장 아니겠어요? 바로 그것은 생명의 비밀이니까요. 그러나 경험에 의한 것이라든지 선험적인 것에서 오는 것이라든지 그 점에서는 모든 생명체는 동일합니다. 생성하고 생장하며 소멸하는 사이클도 다르지 않습니다. 다만 다른 것은 삶의 방식이 다르다는 거지요. 각기 종에 따라 독특한 생활을 취할 뿐입니다. 여하튼 본능이나 사고는, 그것이 조건반사든 논리적인 것이든 간에 모두 인식에서 오는 만큼 두루 뭉쳐서 일단 인식이라 해두고, 그 인식의 역할로 모든 생명은 터전에서 삶을 영위하는데 그 인식에서 얻어진 것을 수용하는 공간을 상상해 본다는 것도 그리 무위한 일만은 아닐 것 같아요.

우리가 상상하는 우주라는 공간은 무한대이며 시간도 무한한 것입니다. 그러나 그것은 우리의 인식 밖에 있는 것이어서 의문이며 숙제인 것입니다. 그리고 모르는 만큼 공간이라는 개념이 과연 합당한지 그것도 실은 의문입니다. 왜냐하면 공간이란 반드시 한계가 있기 때문입니다. 시간도 실은 실타래같이 끝은 있습니다. 시간의 끝이란 여러 가지 사물에서도 나타나는 현상이지만 그 첫째는 생명이 소멸된다는 것에서 우리는 끝을 알게 되는 것입니다. 우리의 인식 밖에 있는 우주라는 극대화된 공간에서부터 차츰 축소하여 지구라든가, 보다 더 극소화하여 느낄 수 있고 볼 수 있는 사물이라든가, 인간 존재라는 뭇 생명들을 대상으로 하여 하나하나의 개체를 들여다볼 때 분명 공간에는 한계가 있는 것입니다. 상자 안이라든가 풍선의 내부는 모두 한계 속에 둘러싸여 있질 않아요? 사람들은 흔히 복잡한 일에 부딪치게 되면 머리가 터질 것 같다는 말을 합니다. 그것은 생각이라는 과다한 짐을 실어 그 한계가 팽창했기 때문일 거예요. 세상에서는 '모든 것을 다 잘한다, 잘하는 것이라곤 하나도 없다' 하고들 말하지만 그것은 일종의 통념이며, 또 '천재다, 둔재다' 하는 그런 일반적 기준도 있습니다. 그 같은 통념이나 기준에는 늘 애매한 속성이 있고 편견도 있습니다만, 사유에 의한 보편성이나 개념도 가지치기를 해서 전체를 파악하고 핵심을 추출해 낸 것이라 하지만 본질 자체라 할 수 없고 어떤 편의성을 띠고 있는 것이 사실 아닙니까? 하여 우리는 역사 속에 서 있으면서도 끊임없는 회의에 빠지게 되고 정치라는 것도 보편적 개념이라는 틀 속에서 나타났지만 그 편의적인 측면으로 하여 정치 이념이나 세력이 나타났다가 사라지고 혁명이 되풀이되어 온 것이 아니겠습니까?

이것은 좀 극단적인 이율배반인지 모르지만 통념이나 통념적 기준을 믿는다면 한계라는 것은 무너질 것입니다. 아니 한계가 무너진다는 얘기가 될 것입니다. 개념과 보편적인 것이 바로 그 개념 보편적인 것으로 하여 무너진다는 것, 설명하기가 매우 어렵지만 우리는 일상에서도 그 같은 것을 많이 체험하고 보게도 됩니다. 만일에 우리에게 한계가 없다면? 우리는 오늘과 같은 처지에는 있지 않을 것입니다. 유토피아에 벌써 당도했을 것이며 혹은 정지했을 것입니다. 우리가 가고 있다는 것은 한계를 깨면서, 깨어버린 그곳이 또 한계였다는 것을 말할 수 있을 뿐입니다.

모든 생명은 독자적이라는 점에서 평등합니다

사람들은 또 인간의 능력이란 무한하다는 말을 합니다. 그 무한함은 시간 선상에서 연속적으로 나타나는 한계를 말함이지 그 한계의 선이 무한으로 팽창한다는 얘기는 아닐 것입니다. 우리는 철학이나 과학·역사·문학·사회학이 부단하게 모색을 시도하고 또 시도하는 것에서도 그것을 알 수 있는 것입니다. 나는 과학자가 아니며 과학적으로 얘기할 자질도 없는 사람입니다. 모호한 직감으로 황당한 상상이라 할 수도 있고 어쩌면 망상인지도 모르지요.

아무튼 여기에 일정한 질량과 에너지를 가진 찰흙이 있다고 가상해 봅시다. 그것을 일정한 두께의 평면으로 펴서 자체가 지닌 에너지에 의해 활동한다고 생각하고, 평면에 나타나는 융기 혹은 함몰의 상태는 그 수효가 많으면 많을수록 높거나, 그 깊이의 길이는 짧을 것입니다. 만일 그 많은 것이 다 높거나 깊다면 찰흙은 찢어지고 말 테니까요. 그러나 소수일 때 혹은 하나일 때 융기나 함몰은 훨씬 높아질 수 있고 또 깊어질 수도 있을 것입니다. 바로 한계가 갖는 제약입니다. 이 같은 문리적 원리는 생의 한계일 수도 있고 보이지 않는 현상에도 적용이 될 것 같아요. 세상에 아무것도 할 수 없는 생명은 없습니다. 아무것도 못 한다면 그것은 생명이 아니지요. 살아 있는 것이 아닙니다. '더 잘한다, 다 좋다' 하는 것도 그래요. 모든 것을 다 잘하고도 찰흙이 찢어지지 않는 기적은 아마 없을 것입니다. 배분하느냐 한곳에 모여지느냐, 옆으로 뻗느냐, 수직이냐. 사실 '잘한다, 못한다'는 것은 대개 도덕적인 면에서 다른 범위에서의 기능을 말하는 것이며, '천재다, 둔재다' 하는 것도 사회의 기여도나 이해타산에서 기준을 삼는 것이 아닌가 싶어요.

아까 인간 이외 다른 생명들의 삶은 그 방식이 다르고 종에 따라 각기 독특한 생활을 취한다 했지요? 그리고 수직이다 평면이다, 뭐 그런 어설픈 말도 있지만 결코 이분법으로 갈라놓고 한 얘기는 물론 아닙니다. 생명은 그 어떤 것이든, 말하자면 같은 질량과 에너지를 가진 것으로 본다면 여기서 나는 과학의 실험적 측면에서 말하는 것은 아닙니다. 생명이 같은 동일점에서 한 말이니까요. 그러나 그 형태, 사는 방식은 신묘하게도 어느 하나 같은 것은 없고 그런 면에서는 불평등하나 그런 다른 것이 동일한 생명이며 동일하게 살아 있고 순환한다는 사실은 평등한 것입니다. 그것을 어떻게 생각하면 역리라 할 수 있을 것도 같고, 해서 운명이다 숙명이다 하는 말이 생겨났을 거예요. 그러나 생명과 삶의 방식이 원초적인 데서는 결코 불평등은 아니었습니다. 우리가 오늘 겪는 불평등은 모두 인위적인 것이며 역사의 흐름에서 끊이지 않고 자유와 평등을 위한 투쟁을 보게도 되는 것입니다. 인위적 조건 때문이지요.

이런다고 태초의 시점으로 돌아가자고 주장한다, 그런 오해는 말아주십시오. 활시위에서 떠난 화살은 결코 돌아오지 않는 것이니까요. 어쩌면 나는 지금 다른 생명의 생명을 인정하지 않으려는 인간의 횡포에 분노하고 있는지 모르겠고 둔재나 능력이 없다는, 뒷길을 가는 사람들을 위해 변호하고 싶은 것인지 모르겠어요. 하지만 사람은 그 어떠한 직업에 종사하건 그 조건이 여하하든 독특하다는 점에서 같고 독자적이라는 데서도 같은 존재입니다. 그리고 생명의 실상만은 확고한 것이며 살아 있다는 실감이야말로 확신, 유일한 확신입니다.

나의 소설 쓰기는 나의 실체를 인식하는 방법입니다

의도와 다르게 얘기가 옆길로 빠졌습니다. 그러지 않으리라 작심을 했는데 여전히 범박하고 지리멸렬했습니다. 자, 그러면 내 사적인 것으로부터 화두를 꺼낸 이유, 어느 정도 자기변명을 의식하기는 했습니다만 그 변명이라는 것이 한계에 관한 얘기에서 여러분들은 짐작을 했는지 모르지만 뭔가를, 다른 것을 겸해서 할 수 없는 머리 사정에 관한 것이었습니다. 사람도 많이 나오고 사건도 많고 장소도 넓고 길기도 한 소설을 쓰다 보니 그 밖의 일에 대해서는 잊어야 하고 또 머리가 그것을 용납하지 않아 거부하고 밀어냈다, 그것을 설명하고 싶었습니다. 신체 구조가 신비롭다는 것을 나는 믿는 편인데, 젊었을 적에는 먹지 않고 자지 않고 글을 쓴 적이 있었습니다. 그러다가 쓰러져 자는데 눈을 떠 보면 머리맡에 놔둔 그릇이 비어 있어요. 콩이라든가 문어 말린 것 따위를 담아둔 그릇이었습니다. 잠결에 먹은 거지요. 그것은 내 자신 의식하고 먹은 것은 아니었습니다. 신체가 제 마음대로 먹은 거였어요. 글을 쓰고 생각하는 일 말고는 내 의지와 상관없이 거부하고 밀어내는 머리와 비슷한 현상 아니겠어요? 이런 식으로 일을 해왔으니, 이것은 자학일까요? 자학 행위로 본다면 그야말로 40년 내 생애는 자학의 연속이었다 할 수 있겠지요. 사실 내가 가장 많이 들어온 것이 자학이라는 말이었습니다.

  그러나 어차피 사람이란 일 안 하고 살 수 있는 존재는 아니지 않아요? 이 꽃 저 꽃 찾아다니는 나비를 춤추고 논다고들 생각하는 것은 인간의 편견입니다. 나비는 춤추고 노는 것이 아니라 꿈을 찾아 돌아다니며 열심히 일을 하는데 말입니다. 자신의 존재를 위하여. 옛사람들은 일이 보배라는 말을 했습니다. 나는 일이란 인간에게, 아니 모든 생명에게 주어진 축복으로 생각하고 있어요. 그런 경우는 없겠지만 긴 세월 일이 없다면 사람은 무엇으로 살겠습니까? 저주지요. 일하기 위해 먹는다, 먹기 위해 일한다, 시쳇말로 형이상학·형이하학적 견해야 다르겠지만 삶과 일은 앞면과 뒷면 같은 것이니 삶의 본질이라는 생각도 하게 됩니다. 내 일자리는 자학을 극복하기 위하여 돌아오는 곳입니다. 나의 실체를 인식하고 모든 생명의 살아 있음을 실감하기 위하여, 그 염원 때문에 앉는 자리인 것입니다. 사람마다 다 가치기준이 다르고 물론, 다르다 해서 비교한다거나 우열을 논할 수는 없지요. 아까 찰흙의 비유, 좀 구차스러운 것이기는 했지만 그 비유에서 일정한 질량을 가진 찰흙, 인간 능력의 한계를 말한 것인데 고루고루 잘한다 할 적에, 즉 많은 것에 작용할 때 그 운동의 형태는 융기와 함몰이 얇게 나타날 수밖에 없고 모두 다가 아닌 하나일 때 높이 솟거나 깊이 패인다, 즉 다른 현상으로 나타나지만 질량은 같고 그 에너지도 같다, 결국 삶이란 다르되 같고 인간의 능력도 다르지만 같다, 할 수 있겠습니다. 다만 두려운 것은 감성의 샘이 말라, 이것저것이든, 한 가지 일이든, 할 일을 할 수 없을 때, 그때의 자학입니다. 인생은 결코 장식이 아니며 문학도 장식이 아닙니다.

삶의 막막함이 소설의 추동력입니다

소설을 쓴다는 것은 단순 작업이 아닙니다. 절대로 분업화할 수도 없구요. 새끼를 꼰다거나 쇠붙이를 구부린다거나 벽돌을 쌓아 올린다거나 그런 반복하고도 다르고 탈골한 환자의 신체 부위를 고쳐준다거나 충치를 치료하는 의사, 실험실의 과학자, 범죄인을 다스리는 법관, 그런 전문직과도 다르고 체계적인 학문과도 다릅니다. 그래서 문학을 좀처럼 전문직이라 하지 않지요. 게다가 생존에 직접 관여하는, 먹고 입고 쓰고 만들고 해서 공급하는 처지도 아닙니다. 다만 그러한 여러 가지 상황을 사람들의 사는 모습, 생각을 전달하는 것이며 독자는 그것을 전달받는 수단으로 독서를 하는 것입니다.

문학은 학문같이 처음부터 체계적인 것으로 출발하지 않습니다. 삶이라는 외길을 나타내기 위하여 작가는 세상의 온갖 것을 다 수렴해야 합니다. 허섭스레기까지, 잡동사니가 뒤죽박죽으로 들어차 있다 한 것도 바로 그러한 뜻에서였습니다. 그리고 끝없는 생각의 방황이 지난 뒤, 잡히지 않는 구름 속에서 수백 번 수천 번 자맥질을 하다가 하나의 허구를 만들어내는 것입니다. 언제나 단 한 줄의 글을 쓸 적에도 나는 막막합니다. 잊고들 살지만 인생이란 껍질을 벗기고 또 벗겨도 막막한 것 아닌가요? 그래도 우리는 가야 하고 목숨을 끊는 순간까지 자기 자신을 포기했다 할 수 없지요.

문학을 사랑하는 젊은이들에게

언제였던지 젊은 여성 한 사람이 나를 찾아왔습니다. 그는 신상 얘기를 했습니다. 신상 얘기를 들어줄 만큼 한가하지도 않았지만 내 일에는 내 자신만큼 절실한 사람은 없다, 섣불리 말한다는 것은 외로움만 더할 뿐이라는 평소 생각 때문에 그런 얘기는 듣는 것도 하는 것도 좋아하지 않는 탓도 있어서 냉담하게 대했는데 그 여성의 말인즉 나는 내가 원해서 세상에 나온 것이 아니라는 것이었습니다. 세상에 자기가 원하여 태어난 사람은 아무도, 단 한 사람도 없습니다. 나는 흐느적거리는 그에게 그렇게 원하지 않았던 생명이라면 왜 여태 살아왔느냐 하고 비난을 했습니다. 태어난 것은 타의에 의한 것이지만 생명을 간직해 온 것은 자기 자신이 아니냐는 것이었지요. 감상적으로 다독거려 줄 수도 있었지만 그 자신만큼 절실할 수 없는 것을, 건성으로 넘기기도 싫었고 그런다고 별효과가 있을 것 같지도 않았습니다. 자기 자신을 기만하고 실상을 외면하며 또 자기 자신에게 타이르기도 하면서 사람들은 적당히 오해도 하며 살아가고 있지만 진실은 인생이 막막하기 때문에 우리는 가는 것입니다. 막막하지 않다면 걸음을 멈추었을 것입니다. 멈추었다는 것은 끝이 났다, 할 일이 없어졌다, 할 일이 없을 만큼 완벽한 곳에 도달했다, 그런 것은 아니지 않아요? 되풀이하지만 그때는 이미 삶은 아닌 것입니다. 인식할 필요가 없으니까요. 소설도 막막하기 때문에 쓰는 것입니다. 근원적으로 막막하고 과정도 막막합니다. 내가 창작노트를 작성하지 못하는 것도 남의 나라에 가서 메모 한 장 못하는 것도 그 막막함 때문입니다. 내 경우, 아마도 구성 같은 것에 집착하거나 체계적인 것에 사로잡혔더라면 글을 쓸 수가 없었는지 모르지요.

문학은 세상을 인식하는 방법입니다

체계적으로 독서한다는 것은 학문하는 분들에게 필수적인 것일 겁니다. 그러나 문학하는 사람들에게는 아주 절약형이다 할 수 있을 것 같아요. 문학도에게 주는 충고 중에는 독서를 많이 하라는 조항이 반드시 끼어듭니다. 나도 학생들에게 가끔 그런 말을 하게 되는데 사실 그 충고는 일반인들에게 하는 것이지 이미 문학에 뜻을 세운 사람들에게는 사족 같은 것으로 생각합니다. 왜냐하면 독서를 많이 하지 않고 문학에 뜻을 세울 수 없는 일이니까요. 문학은 공식도 구체적인 것도 아닙니다. 더더구나 합리적인 것도 아닙니다. 체계적인 독서를 문학하는 사람에게는 절약형이다 한 것은 바로 그 때문입니다. 또 문학은 공부하는 것이 아니며 느끼는 것이며 판단하는 것이며 온갖 것이 다 널려 있는 세상을 보는 눈에 의한 것입니다. 따라서 독서라는 것도 그것에 준해야 하며 소설을 쓴다고 해서 소설만 읽고 되는 것도 아니며 좁은 통로로 지나가기보다 넓은 벌판이 소설의 현장이지요.

　내가 한 작가로서 어떻게 독서를 해왔는가 그 경험담을 얘기하겠습니다. 그렇다고 내 식대로 하라는 것은 아니며 자기 식대로 해야 하는 거지요. 내 독서는 아주 어릴 적에 시작되었습니다. 그것은 어머니의 넘쳐흐를 만큼 많은 이야기 때문이지요. 물론 어머니도 남에게서 들은 것이었겠지만 입담이 좋고 기억력이 좋아서, 또 내가 얘기를 너무 좋아해서 그렇게 된 것입니다. 어머니뿐만 아니라 친할머니도 둘째가라면 서러워할 만큼 좋아했습니다. 글을 읽을 줄 몰랐던 친할머니는 책 읽는 사람을 데려다 놓고 밤 가는 줄 모르게 책을 읽히곤 했는데 그럴 때면 일하는 사람과 며느리인 어머니를 불러들여 책 읽는 것을 듣게 했습니다. 나는 어려서 잠자리에 들었지만, 또 듣는다 해서 잘 알지 못했을 것이지만『옥루몽』이다,『조웅전』『대봉전』뭐『숙영낭자전』하며, 어머니는 풀어서 그것들을 내게 얘기해 주었습니다. 속담이다, 고담이다, 그런 것이『토지』속에 엮여 들어간 것은 우연이 아니었어요. 보통학교에 들어가면서 얘기를 좋아했던 나는 일본어로 된 동화를 읽기 시작했고 그때부터 지금까지도 일본어로 된 책을 줄곧 읽어온 셈인데 한 가지 짚고 넘어가야 할 일은 있습니다. 그러면 나는 일본문학의 영향을 받았는가 하는 문제입니다. 확실하게 말할 수 있는 것은 그렇지 않다는 것입니다.

　몇 해 전에 가와무라 미나토라는 일본의 젊은 평론가가 찾아온 일이 있었습니다. 나를 만나고 돌아간 그는 『문예』라는 문학지에 『반일과 향수의 사이』라는 글을 썼는데 거기에 '나는 철두철미 반일작가다' 하고 내가 한 말을 인용했으며 충격을 받았다는 얘기도 씌어져 있었고, 반일작가에 대하여는 다음과 같은 진단을 내렸습니다.

> 박 씨는 8·15 광복 이후 처음으로 한글을 배웠고 한국어에 의한 문장을 배우지 않으면 안 되었다는 말을 했다. 일본어로 문장을 쓰고 그것을 한글로 번역하는 단계를 거쳐 겨우 한글로써 생각하고 한글로 문장을 쓰게 되었다. 결국 그녀들의 세대의 반일은 마치 자기 육신을 찢는 것과 같은 과정에서 길러진 것, 바로 그것이다……

결국 그 말은 우리 세대가 절대적으로 일본의 영향을 받았다는 뜻인데, 소박하고 겸손했으며 일본인 특유의 편견도 없어 보였고, 또 그는 말하기를 일본인은 역사적 교훈을 배우려 하지 않는 민족이다. 스스로 비판하기도 했으니 객관성을 견지하는 듯싶기도 했습니다. 해서 그분의 영향에 관한 견해는 편견이라기보다 모르고 하는 말이었을 것이란 짐작은 할 수 있었어요. 왜냐하면 그는 전후세대니까. 첫째, 영향을 받지 않았다 할 수 있는 것은 그 시대에 처한 우리 민족의 항일 정신을 들 수 있고 사실 그들은 우리 문화를 말살하지 못했습니다. 오히려 오늘날 그것이 다 무너져 버린 것을 나는 슬퍼하고 있어요. 둘째는 그들 일본어로 된 문학은 우리가 수없이 많이 받아들이기는 했으되 그것은 일본문학이 아닌 서구나 러시아문학, 그 밖의 사상, 철학 이론서도 거의 모두가 일본 것이 아니었다는 데 유의해야 합니다. 그들이 서구와 러시아 것을 받아들인 것과 마찬가지로 동등한 입장에서, 사실 일본 문학을 더러 저질의 사람들이 모작은 했을망정, 그런 일이야 어느 곳에서나 있는 일이며 일본도 예외는 아닐 것입니다. 일본에서 받았다는 것은 오늘날 저질문화와 비슷한 오락물에 불과한 것으로 한국문학에 하등 영향을 주지는 않았습니다. 오늘 역시 저질의 작가들이 일본을 모방하기는 하는 모양인데 그거야 물거품 같은 것이며, 언어 자체는 전달의 수단, 그러니까 엄격하게 알맹이와는 별개의 껍데기 같은 것이지요. 우리에게 있어서 일본어라는 것은 껍데기에 불과한 것, 오늘도 그러하지만 그때도 일본문학에서 우리가 취할 것은 아무것도 없었습니다. 이 점은 학생 여러분들도 깊이 새겨두어야 할 일이지요. 그리고 또 한가지 서구 일변도의 그들로서는 그들의 척도를 우리에게 적용했다 할 수도 있습니다. 그러나 우리의 문화가 그들과 같이 빈곤하지 않았고 그 시절까지만 해도 조선 민족은 비록 강압에 의해 나라는 잃었으나 우리 문화에 대한 자부심만은 잃지 않았던 것입니다.

체계적이기보다 폭넓은 독서를 하십시오

　각설하고, 시간이 얼마 없어서 뛰어야겠는데, 독서에 관해서, 이야기를 좋아하고 그 얘기를 많이 들을 수 있었다는 것은 하나의 계기였습니다. 이러한 계기는 그 후에도 수차례 내게 왔었지요. 거의 광적일 만큼 독서에 빠져들었던 소녀기를 보내고 결혼을 했을 때 남편의 많은 장서와 마주치게 되었습니다. 문학과는 거의 상관이 없는 책들이었지만 산을 무너뜨리듯 차근차근 읽었고, 해방이 되었을 때, 그것은 나의 아이디어였지만 가옥에 점포가 붙어 있어서 그것을 활용한다는 뜻에서 고서점을 시작했는데 그야말로 귀한 책들을 근으로 달아서 매입하던 시절이라, 그 고서점은 얼마 안 가 그만두게 되었으나 책들은 몽땅 내게 남았습니다. 다음 계기는 환도한 서울에서, 내가 원하는 헌책을 싼값에 살 수 있었다는 사정 등이 또 계기가 되기도 했습니다. 나는 문학을 하겠다는 생각도 없었고 관심이 있었다면 오히려 역사 쪽이었습니다. 피란을 가고 폭격을 당하고 하는 바람에 책들을 거의 잃었는데, 제3회 현대문학상을 수상했던 그날 밤 화재를 만나, 전란 후 다시 장만했던 책마저 모조리 소실되고 말았습니다만, 그 후 나는 책은 읽되 책을 모은다는, 그런 애착이 없어지고 말았습니다. 그러나 생각나는 것은 40권인지 그 이상이었는지 지금 기억에 남아 있지는 않지만 방대한『세계사 대계』를 독파했

　　　　　　　　문학을 사랑하는 젊은이들에게

을 때 눈앞이 확 틔는 것을 체험했으며 요다음에는 천문학에 관한 것을 알고 싶다는 생각을 했어요.

세세하게 말하지 못하고, 독서에 관해서, 내가 감명받은 것은 수없이 많지만 일일이 다 말하지 못하고 이 시간을 닫아야 하는 것이 유감이군요. 마지막 권유하고 싶은 것은 문학을 하겠다는 생각이면 체계적인 것보다, 무엇이든 읽고 싶은 것은 다 읽어라, 그것은 다 쓸모가 있고, 그리고 포크너의 말을 인용하겠어요.

헤밍웨이는 성공한 작가이다. 그러나 나와 토머스 울프는 성공할지도 성공 안 할지도 모른다. 헤밍웨이는 사전에 없는 말을 쓸 용기가 없는 사람이다.

문학을 사랑하는 젊은이들에게

초판 1쇄 인쇄 2025년 2월 28일
초판 1쇄 발행 2025년 3월 13일

지은이 박경리
펴낸이 김선식

부사장 김은영
콘텐츠사업2본부장 박현미
콘텐츠사업6팀장 임경섭 **콘텐츠사업6팀** 정지혜, 곽수빈, 조용우, 이한민, 이현진
마케팅1팀 박태준, 권오권, 오서영, 문서희
미디어홍보본부장 정명찬 **브랜드홍보팀** 오수미, 서가을, 김은지, 이소영, 박장미, 박주현
채널홍보팀 김민정, 정세림, 고나연, 변승주, 홍수경
영상홍보팀 이수인, 염아라, 석찬미, 김혜원, 이지연
편집관리팀 조세현, 김호주, 백설희 **저작권팀** 성민경, 이슬, 윤제희
재무관리팀 하미선, 임혜정, 이슬기, 김주영, 오지수
인사총무팀 강미숙, 이정환, 김혜진, 황종원
제작관리팀 이소현, 김소영, 김진경, 이지우
물류관리팀 김형기, 김선진, 주정훈, 양문현, 채원석, 박재연, 이준희, 이민운

펴낸곳 다산북스 **출판등록** 2005년 12월 23일 제313-2005-00277호
주소 경기도 파주시 회동길 490
전화 02-704-1724 **팩스** 02-703-2219
이메일 dasanbooks@dasanbooks.com
홈페이지 www.dasan.group **블로그** blog.naver.com/dasan_books
용지 스마일몬스터피앤엠 **인쇄 및 제본** (주)상지사피앤비 **코팅 및 후가공** 제이오엘앤피

ISBN 979-11-306-6452-1 (03810)